KB065811

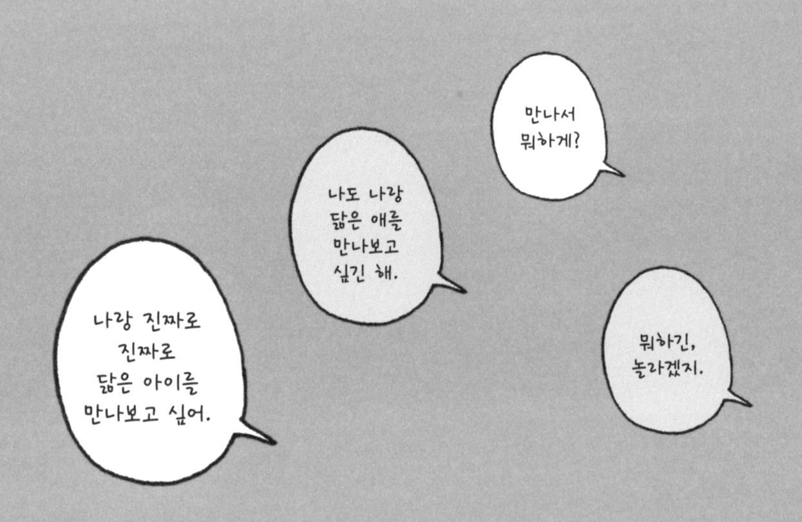
나랑 진짜로 진짜로 닮은 아이를 만나보고 싶어.
나도 나랑 닮은 애를 만나보고 싶긴 해.
만나서 뭐하게?
뭐하긴, 놀라겠지.

나는 아주 예전부터 나와 똑같은 애를 만나보고 싶다고 생각해왔어.

넌 만나면 뭐할 건데?

만약 만나게 되면 우리 집에 초대할 거야. 우선 바닷가 경치를 보여주고 언덕 위에서 같이 밥을 먹고 나무 사이 수풀에서 재울 거야.

만약 집에 가고 싶다고 울기 시작하면 큰 나무 밑에서 울게 할 거야.

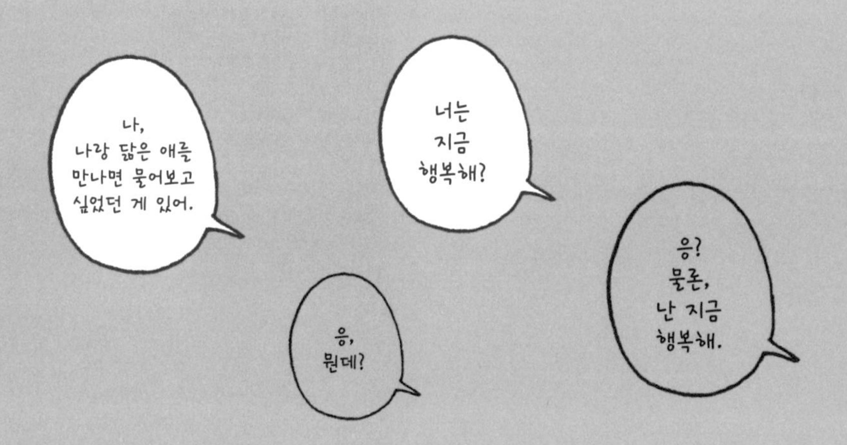

* 일러두기
- 책 속 만화는 오른쪽에서 왼쪽으로, 위에서 아래로 읽어주세요.
- 주요 캐릭터 소개는 뒷날개에 있습니다.

보노보노처럼 살다니
다행이야

보노보노처럼 살다니 다행이야

김신회 지음

Prologue

우리는 모두
보노보노 같은 사람들

몇 해 전 한창 트위터에 빠져 있을 때, 희한한 봇 하나를 발견했다.

봄의 가장 좋은 점은 봄이 온다는 거다.

어떤 이유든 사라져가는 거야.
이유가 사라졌다면 당신은 이제 언제든 돌아올 수 있어.
자, 이 숲으로 돌아와.

야옹이 형에게는 취미가 있다.
취미는 가만히 생각하면 이상한 거다.
어쩌면 취미가 없는 사람이 진짜 어른인지도.

때로는 소심한 아이처럼, 때로는 아무 생각 없는 사람처럼 휙 던지는 이야기들. 하지만 가만히, 여러 번 곱씹다보면 살만큼 살아본 팔십대 노인의 혼잣말 같기도 했다. 다 만화 〈보노보노〉에 나오는 대사들이라고 했다. 몇 개의 글을 더 읽어본 후 그 봇을 팔로우했다. 나와 보노보노의 만남은 그렇게 시작됐다.

트위터에 이어 만화책을 읽게 되었고 애니메이션도 챙겨보게 됐다. 처음에는 느릿느릿, 어쩔 때는 지루하게까지 느껴지는 전개에 대체 뭔 만화가 이런가 고개를 갸웃거릴 때도 있었지만 그러는 사이에 보노보노에 대해 알아갔다.

보노보노는 소심하다. 보노보노는 걱정이 많다. 보노보노는 친구들을 너무너무 좋아한다. 보노보노는 잘할 줄 아는 게 얼마 없다. 어? 이거 내 얘기인 것 같은데. 줄곧 단점이라 여겨온 내 모습인 것 같은데?

하지만 보노보노는 소심하기 때문에 소심한 마음을 이해할 줄 안다. 걱정이 많은 만큼 정도 많다. 친구의 소중함을 잘 알고 있어서 그 어떤 괴팍한 짓을 하는 친구여도 그러려니 이해한다. 잘할 줄 아는 게 워낙 없어서 하고 싶은 게 생겼을 때는 무식하고 우직하게 노력한다. 그러다 언제 그랬냐는 듯이 깨끗이 포기하거나 잊어버린다.

처음에는 답답하게 느껴졌던 보노보노의 모습이 마음으로 다가오면서 '보노보노와 비슷한 나에게도 장점이 있는 건가?' 하는 생각이 들었다. 나는 참 별로인 인간인 줄 알았는데 나한테도 봐줄 만한 구석이 있는 건가? 진짜 그런 건가? 그러는 사이 보노보노에게 빠져버렸다. 주위를 둘러보니 나랑 비슷한 사람이 몇 명 더 있었다. 보노보노를 좋아하는 사람들은 대부분 평범한, 하지만 어딘가 이상한 구석이 있는 사람들이었다. 나처럼.

대단한 꿈 없이도 묵묵히 하루하루를 사는 사람들. 큰 재미보다는 편안함을 선호하는 사람들. 어렸을 적 기대에는 못 미치는 삶을 살고 있지만 그렇다고 좌절하기만 하지는 않는 사람들. 잘하고 싶었던 것들 앞에서 한창 욕심을 내고도, 노력해도 안 되는 게 있다며 체념할 줄 아는 사람들. 나의 웃음과 눈물과 한숨만큼 누군가의 웃음과 눈물과 한숨에도 귀 기울일 줄 아는 사람들. 가끔은 심하게 의욕 없고 게을러 보이는 사람들. 우리는 다 그런 사람들 아닌가. 잘 사는지는 모르겠지만 그럭저럭 살아가는 사람들 아닌가.

보노보노를 알고 나서 세상을 조금 다르게 보게 됐다. 늘 뾰족하고 날 서 있던 마음 한구석에 보송한 잔디가 돋아난 기분이다. 사람은 다 다르고 가끔은 도무지 이해하기 힘든 사람도 만나지만 다들 각자 최선을 다해 살고 있다는 것, 내가 이렇게 사는 데 이유가 있듯이 누군가가 그렇게 사는 데에도 이유가 있다는 것을 깨닫게 됐다. 이해할 수 없는 사람이 있다면 억지로 이해하지 않아도 된다는 것도 알게 됐다. 이해하든 하지 않든, 앞으로도 우리는 각자가 선택한 최선의 모습으로 살아갈 것이므로. 보노보노와 친구들이 그러는 것처럼.

우리 주변에도 보노보노와 친구들 같은 사람이 있을 것이다. 어딘가에는 포로리처럼, 겉으로는 평범하지만 마음속에 빛나는 돌멩이 하나씩 품고 사는 사람이 있을 것이다. 또 어딘가에는 너부리처럼, 진심을 못된 말과 못난 행동으로밖에 표현할 줄 몰라도 우정과 사랑 앞에서만큼은 진지해지는 사람이 있을 것이다. 또 다른 곳에는 보노보노처럼, 끊임없는 고민과 걱정으로 하루를 채우면서도 나를 아끼는 방법 하나쯤은 갖고 있는 사람이 있을 것이다.

언젠가 우리가 마주치게 된다면 서로를 알아볼 것이다. 서로에 대해 실컷 투덜대다가 결국엔 좋아하게 될 것이다. 왜냐하면 보노보노를 좋아하는 사람 중에 이상한 사람은 있어도 나쁜 사람은 없기 때문이다. 나처럼, 당신처럼, 그리고 보노보노처럼, 우리는 이상할지는 몰라도 나쁜 사람은 아닐 것이기 때문이다.

봄 같은 봄날에

김신회

Index

인생에서 이기는 건 뭐고 지는 건 뭘까

솔직해지는 순간 세상은 조금 변한다

완벽함보다 충분함

다른 사람들하고도
같이 사는
법

진정한 위로는
내가 받고 싶은 위로

살면서 위로가 필요한 순간은 시도 때도 없이 찾아온다. 그러나 제대로 위로한 게 언제였는지 기억도 안 나는 걸 보면 대부분의 상황이 '위로는 했으나 위로할 수 없었다'로 정리될 수 있겠다. 반대로 그동안 무수한 위로를 받으며 살아왔지만 진짜 위로가 된 순간은 손에 꼽을 정도니 '위로받긴 했으나 위로되지는 않았다'쯤 되려나.

대부분의 위로는 소기의 목적을 달성하지 못하고 옆길로 샌다. 애써 다독이다가 어느새 잘난 척을 하거나("세상엔 그거보다 힘든 일도 많아. 사는 건 원래 어려운 거야" 류) 참고 듣다못해 결국 꾸지람을 하고("야! 그만 징징대! 지겨워 죽겠네, 정말!" 류) 역으로 신세 한탄을 할 때도 있다("너만 그런 게 아니야. 난 무슨 일이 있었는지 아니? 엉엉" 류). 관계란 상대의 마음을 헤아리고 어루만지는 일로 완성되거늘, 우리는 정작 타인의 마음을 위로할 줄도 모른 채 관계를 맺으며 산다.

직업 특성상 평소 다양한 사람들을 많이 만나게 된다. 그중에는 생전 처음 본 나에게 절친한 사람에게도 하기 힘든 말을 꺼내놓는 사람도 있다. "제가 왜 이런 말을 하고 있는지 모르겠어요……"로 마무리되는 내밀한 사연을 들을 때마다 이걸 어쩌나 싶어서 별다른 말을 하지 못한다. 지혜 같은 게 있을 리 없어서 좋은 말을 할 줄도 모르고, 상대방의 상황에 충분히 공감하고 이해하기에는 정보도 부족하다. 그래서 그저 이 말만 한다. "아이고…… 힘드셨겠어요."

그런데 특이한 것은 이런 영양가 없는 말에 상대는 위로받는다는 거다. 내가 좋은 이야기를 못 해줬다고 자괴하면 할수록 상대방은 그걸로 충분하다며 고개를 끄덕이니, 나란 사람은 말을 안 할수록 도움이 되는 존재란 얘길까. 하지만 입장을 바꿔 생각해보면 나 역시 마음이 어려운 순간에 맞이한 위로 중 가장 기억에 남았던 말들은 다 그리 대단한 말이 아니었다.

나는 힘들다고 말할 때 힘내라고 말하는 사람이 싫다. 상황이 답답해서 어쩔 줄 모를 때 "다 괜찮아질 거야"라고 말하는 사람이 생각 없어 보인다. 어떻게 힘을 내야 될지 모르겠고 언제 괜찮아질지도 알 수 없는 사람에게 그런 말은 폭력이 된다. 차라리 그럴 때는 "야, 진짜 열받겠다!" "완전 짜증 나겠네!" "일단 밥이나 좀 먹어!" 같은 말들이 더 와 닿는다.

하지만 내 앞에 지옥 같은 얼굴을 한 사람이 앉아 있을 경우에는 사정이 달라진다. 인생이라는 세찬 바다에서 허우적대는 사람에게 멋진 말을 해줌으로써 그 삶이 드라마틱하게 나아지기를 바란다. 그래서 건네는 말이라고는 내가 들었을 때 기분 나빴던 말들뿐. 상대가 어떻게 받아들이든 말든 잘난 척이나 꾸지람, 신세 한탄을 되풀이하게 된다.

어느 날 보노보노는 '곤란함'에 대해 고민한다. 보노보노는 문득 배가 고파지면 곤란하니까 늘 조개를 들고 다닐 만큼 곤란해질 것에 대해 미리부터 걱정하면서 산다. 그런 모습을 보고 너부리는 나중에 곤란해하면 될 걸 왜 지금 곤란해하냐며 쏘아붙이고, 포로리는 당사자보다 더 고민하며 분위기를 다운시키는 데 반해, 야옹이 형은 이렇게 이야기한다.

보노보노, 살아 있는 한 곤란하게 돼 있어.
살아 있는 한 무조건 곤란해.
곤란하지 않게 사는 방법 따윈 결코 없어.
그리고 곤란한 일은 결국 끝나게 돼 있어.
어때?
이제 좀 안심하고 곤란해할 수 있겠지?

우리가 힘들어하는 사람에게 말도 안 되는 해결책을 들이미는 이유는 괴로워하는 것만큼이나 괴로워하는 사람을 지켜보는 일이 힘들어서일 거다. 얼른 문제가 해결되어 같이 깔깔거리고 싶은 마음, 더 이상 답답한 이야기는 듣고 싶지 않은 마음, 적어도 내 주변에는 행복한 사람들만 있어서 나 역시 그 에너지 속에서 살고 싶은 마음…… 이런 이기심이 위로가 필요한 순간 딴짓을 하게 만든다. 그리고 나와 다른 사람에게 다른 생각과 마음이 있다는 걸 까먹게 한다.

하지만 야옹이 형은 소심하고 걱정 많은 보노보노만을 위한 위로를 건넸다. 어차피 곤란해할 거라면 맘 편히 곤란해하라고, 언젠가는 그 곤란함도 끝날 거라며 마음껏 곤란해할 시간을 마련해주었다. 곤란해하는 게 취미 생활인 보노보노에게 이보다 딱 맞는 위로가 또 있을까.

심리학 실험 중에 '백곰 실험'이라는 게 있다. 실험군을 둘로 나눈 후 똑같이 백곰이 등장하는 영상을 보여준다. 단, 한 실험군에게는 이후 백곰에 대해 생각하지 말 것을 당부하고 다른 실험군에게는 아무 지시도 내리지 않는다. 실험 결과, 백곰에 대해 더 많이 생각한 집단은 어느 쪽일까?

결과는 백곰에 대해 생각하지 말 것을 지시받은 실험군이 백곰에 대해 더 많이 기억하고 있는 것으로 나타났다. 생각하지 말라고 하면 할수록 자꾸 생각나고, 잊어버리려 할수록 더 기억에 남는 이유는 생각하지 않겠다는, 잊어버리고 말겠다는 노력 자체가 자연스러움과는 거리가 멀기 때문 아닐까. 같은 이유로 걱정하는 사람에게 걱정 말라고 이야기하는 것, 곤란해하는 사람에게 곤란해하지 말라고 충고하는 것은 일시적인 안심은 전해줄지 몰라도 진정한 위로는 되지 않는다.

여전히 나는 적절히 위로하는 방법을 모른다. 하지만 적어도 한 가지, 위로해야 할 때는 나라는 사람의 깜냥에 대해 되짚어보기로 했다. 나는 멋진 말을 건넬 수 있는 사람이 아니다. 비슷한 일을 겪어본 적도 없다. 그럼에도 불구하고 속상해하는 당신의 모습을 보니 마음이 안 좋다. 그저 그 마음을 전하는 것만으로도 충분하지 않을까. 그게 침묵이건, 농담이건, 그저 경청하는 태도건 위로를 해야 하는 순간에는 내가 위로받았던 순간을 떠올려보기로 했다. 그동안 나는 그저 묵묵히 내 말을 들어주는 사람 앞에서 가장 많이 위로받았다. 진정한 위로는 내가 받고 싶은 위로다.

기운 없는 나

〈보노보노〉 20권 59쪽에서

별것 아닌 대화가 필요해

아빠와 나는 과묵한 부녀다. 둘 다 평소에 말수가 적은 편이기도 하지만 둘 사이에 대화 주제도 빈약하다. 가뭄에 콩 나듯 마주 앉아 밥을 먹을 때는 어김없이 침묵이 이어진다. 수저 움직이는 소리, 밥 씹는 소리, 국물 후루룩 넘기는 소리만 연달아 들린다. 그래서인지 함께 밥을 먹을 때면 둘 다 엄청나게 밥을 빨리 먹는다. 그러다 침묵을 깨듯 아빠는 내 친구들의 안부를 물으신다.

걘 결혼했나?
요즘도 거기 사나?
아직도 그 회사 다니나?

그런데 그 친구들은 하나같이 요즘은 연락이 끊긴, 어릴 때 친했던 친구들. 가끔은 그 무심함에 시비를 걸고 싶어 싸늘하게 대답할 때도 있다.

요즘은 걔랑 연락 안 해.
왜?
왜긴…… 그럴 수도 있지.
친구가 그런 게 어디 있노.

얼마 전 오랜만에 식구들이랑 밥을 먹을 때, 엄마에게 친구 동생이 결혼한다는 소식을 알려드렸다. 딸이 셋인 집인데 막내가 제일 먼저 시집을 간다는 말에 엄마는 관심을 보이셨다. 내 친구는 요즘 어떻게 지내고, 둘째는 어디서 뭘 하고, 막내는 이렇게 지내는 것 같다고 줄줄이 말씀드리니 마치 TV에서 최신 연예 정보를 시청하듯 몰입해 들으신다.

아빠가 내 예전 친구들의 안부를 궁금해하시는 것.
엄마가 내 친구들 이야기를 흥미롭게 들으시는 것.
그 이유를 가만히 생각해보니,
내 일상 중 두 분이 아는 척하고 들으실 만한 이야기가
그것뿐이기 때문은 아닐까.

행여 두 분이 걱정하실까봐 매번,
그런 게 있어요.
내가 알아서 할게요.
걱정하지 마세요, 라고 정리해버린 매일매일의 일들.
하지만 그 안에는 수많은 내가 있다.

그러느라 정작 부모님은 내 요즘을 모르시고, 나는 그게 오히려 걱정 안 끼치는 방법이라 믿고 살았다. 하지만 부모님은 늘 내

이야기를 기다리신다. 별것 아닌 이야기라도, 마치 대단한 뉴스라도 듣는 양 귀 기울이신다.

늘 재미를 좇는 너부리는 숲속 동물들이 해도 그만, 안 해도 그만인 대화를 나누며 웃는 게 이해가 가질 않는다. 썰렁한 장난을 반복하면서 킬킬대고, 중요하지도 않은 이야기에도 심히 공감하는 보노보노와 포로리를 보고 왜들 저러나 싶다. 하지만 그 의문에 대해 포로리는 어른스러운 답을 내놓는다. 다들 쓸쓸해서 그런 거라는 얘기다.

너부리 나 좀 이해 안 가는 게,
어제 뭘 했다느니 오늘 날씨가 어떻다느니……
그런 얘길 하는 게 무슨 의미가 있는지 모르겠어.
포로리 아니야. 다들 그렇게 재미있는 일만 있는 게 아니라고.
만약 그렇게 재미있는 이야기만 해야 한다면
다들 친구 집에 놀러 와도 금방 돌아가버리고 말 거야.
보노보노 그건 쓸쓸하겠네.
포로리 쓸쓸하지! 바로 그거야, 보노보노!
다들 쓸쓸하다구. 다들 쓸쓸하니까
재미없는 이야기라도 하고 싶은 거라구.

같이 살아도 늘 대화할 시간이 없고, 따로 살 때는 그 이유로 얼굴도 자주 못 보고, 그러는 사이에 각자 안에 쌓여가는 이야기들은 점점 옛일이 되고, 결국 말하면 또 뭐하나 싶은 사소한 이야기가 되어버린다. 하지만 사소한 이야기가 주는 힘을 포로리는 알고 있다. 우리는 모두 쓸쓸하기 때문에, 그렇기 때문에 사소한 이야기라도 주고받지 않으면 삶은 점점 더 쓸쓸해지고 말 거라는 거다. 그날 집으로 돌아온 보노보노는 아빠와 해도 그만 안 해도 그만인 대화를 나누면서 생각한다. '재미없는 대화를 나누는 것도 꽤 괜찮은걸.'

하지만 나는 보노보노가 아니라서
여전히 무뚝뚝하고, 늘 혼자만 바쁜 딸이어서
아직도 부모님이 알아주길 바라는 사소한 것 하나를 모른다.
하등 쓸데없는 이야기라도
서로 말하고 귀 기울이는 일의 소중함을 모른다.
인생이란 게 쓸쓸한 거여서
별것 아닌 이야기라도 나누고 싶은 마음을
나는 아직도 모른다.

우리들의 이야기

〈보노보노〉 20권 104쪽에서

친구가 되는 방법

늘 비판적이고 까칠한 데다 폭력적인 행동을 일삼아서 친구 사귀는 일이 영 쉽지 않은 너부리는 친구들과 자연스럽게 어울리는 법도 모른다. 혼자서 숲길을 어슬렁거리면서 동물들에게 시비를 걸거나 무슨 일이 벌어지면 필요 이상으로 참견하면서 무리에 쓰윽 끼어든다. 그런데 그런 일도 없는 날에는 무료함을 참지 못하고 보노보노와 포로리에게 다가와 이렇게 묻는다.

"너네 그거 알아?"

쑥스러워서 같이 놀자는 말은 못 하고 매번 있지도 않은 엉터리 정보로 질문을 만들어서 친구들에게 말을 거는 너부리. 단, 친구들이 질문에 대해 아는 척을 하거나 정답을 맞히려 이것저것 대답하면 불같이 화를 낸다. 답은 정해져 있으니 친구들은 그저 모른다고 대답만 하면 된다. 다행히 보노보노와 포로리는 이런 너부리를 잘 알고 있어서 늘 원하는 대답을 해주기 때문에 너부리는 괴팍한 성격에도 불구하고 외롭지 않은 하루를 보낼 수 있다.

만약 내 옆에 너부리 같은 인간(?)이 있다면 나는 결코 고분고분하게 모른다고 대답하지 않을 것 같다. 오히려 흥분하고 신경질 내는 모습을 보고 싶어서 끝까지 답을 맞히려 애쓸 것 같다. 유치하고 심술궂은 결로는 너부리를 이길 자신이 있다고나 할까. 그러면서도 드는 생각은 '그래도 너부리는 친구들과 어울리는 자기만의 방식은 갖고 있구나'다. 나보다 낫구나.

예전에 함께 일하는 윗사람 때문에 골머리를 썩인 적이 있다. 무슨 일을 해도 칭찬하는 법이 없고, 심지어 인사도 잘 안 받아주고, 사소한 대화도 다른 사람들하고만 하려는 게 나를 영 불편하게 여기는 눈치였다. 그에게 인정받거나 친해질 필요까지는 없더라도 작은 회의실에서 함께 일하는 사이라 마음이 편치 않았다. 대놓고 괴롭히거나 불만을 드러내는 게 아니어서 더 난감했다. 이럴 땐 어떻게 해야 할지 고민하던 내게 친언니가 그랬다. "가끔 그 사람한테 먹을 걸 줘봐. 초코 바나 캔 커피같이 작은 거. 사람들은 먹을 걸 주면 좋아해."

그 말을 듣고 뭐 이런 유치한 조언이 다 있나 싶었다. 다 큰 어른한테 먹을 걸 갖다 주라니. 초코 바나 캔 커피 따위로 사람 마음이 흔들리겠냐. 하지만 시간이 지날수록 점점 더 마음을 열지 않는 사람 대하기에 지쳐 한번 실행해봤다. 그랬더니 그분은 내가 건넨 초코 바에 피식 웃더니 이렇게 말했다. "나 단거 좋아하는 거 어떻게 알고." 그 뒤로는 인사를 받아주고, 내 농담에 어색하게나마 웃어주고, 때로는 먼저 말을 걸기 시작하는 게 아닌가.

그 사건(?) 이후로 어른이 되면 사람과 친해지는 자기만의 비법 한두 개는 갖고 있어야겠다고 생각했다. 친언니의 간식 기법처럼 언제든 가뿐하게 활용할 수 있는 방법이 있다면 유용하겠지. 가끔은 사회생활이나 인간관계 때문에 고민하는 사람에게 슬쩍 알려줄 수도 있을 것이다.

사람 사귀는 데 기술이 어디 있겠냐고 해도 분명 있는 것 같다. '진심은 통하게 돼 있다'는 상식도 때로는 배신당하기 일쑤고, 아부인 걸 뻔히 알면서도 칭찬하는 말에는 나도 모르게 입꼬리가 올라가니까. 아무렇지도 않게 사람과 친해지고, 어딜 가나 사랑받는 사람을 볼 때마다 때로는 부럽고 배 아프기도 하다. 하지만 따지고 보면 나는 관계를 시작하는 일에 대해 고민할 뿐, 관계를 유지하는 일에는 별 신경을 쓰지 않았다. 관계에 있어 진짜 중요한 것은 시작이 아니라 유지인 것을.

기술로 시작한 관계는 일단 시작은 되더라도 기술이 녹슬거나 열정이 사라지거나 내 뜻과는 다른 상대의 모습을 발견하면 서서히 변한다. 반면, 유지하는 일에 더 집중하는 사람들의 관계는 시작은 밋밋하거나 덜컹거리더라도 길고 가늘게 이어진다. 한번 내 것이 된 인연을 소중하게 생각하는 사람들. 순간순간의 잔재미보다 마음 나누는 일을 더 중요하게 여기는 사람들. 누군가가 품은 진심을 결국에는 알아차리는 사람들. 그들은 관계를 향해 전력 질주하기보다는 천천히 걸어가는 걸 즐긴다. 섬광 같은 매력보다 같이 있을 때 느껴지는 편안함을 선호한다. 마치 보노보노와 친구들처럼.

매일 쓸데없는 짓만 벌이는 것 같은 보노보노와 친구들에게도 그들만의 관계 유지의 기술이 있다. 그건 상대라는 존재를 '그

려려니' 하는 마음이다. 보노보노는 너부리의 괴팍함을 그러려니 하고, 포로리는 보노보노의 소심함을 그러려니 한다. 서로에 대해 호기심은 가질지언정 함부로 재단하지 않는다. 애초에 상대라는 존재에 대해 내가 평가할 수 있는 권한이 있다고 생각하지 않는다. '쟨 왜 저래?'가 아니라 '쟤는 원래 저런 애'라는 인정이 그들의 우정 안에는 존재하기에 오늘 싸우고도 다음 날이면 아무렇지 않게 어울린다.

그리고 누군가가 낯선 모습을 보일 때, 자기도 그런 적이 있었음을 기억해낸다. 어느 날 보노보노는 친구가 되고 싶어서 도리도리를 찾아가지만 도리도리는 수줍어하면서 계속 징징거린다. 하지만 보노보노는 당황해서 땀을 삐질삐질 흘리면서도, 화내거나 집으로 돌아가는 대신 가만히 곁에 머문다. 왜냐하면 자기도 그런 적이 있었다는 사실이 떠올랐기 때문이다.

> 나는 도리도리를 이해한다.
> 나는 도리도리를 이해한다.
> 나도 계속 울기만 한 적이 있어서 잘 안다.
> 내가 운 이유는 배고프고 싶지 않은데 배고파지는 거랑
> 춥고 싶지 않은데 추워지는 거랑
> 무섭고 싶지 않은데 무서워지기 때문이었다.
> 그랬기 때문이었다.

실제로 해달은 사람이 접근하면 자신의 조개를 준다고 한다. 그건 '나에게 있어 소중한 것을 줄 테니 해치지 말아요'라는 뜻이라고 한다. 그럼에도 불구하고 사람들은 해달을 잡아가고 세상에서 해달은 점점 줄어들고 있다는 슬픈 이야기.

그러고 보면 관계에 있어서 가까워지고 싶은 마음만큼 중요한 것은 그 마음을 선하게 받아들여주는 마음이 아닐까. 모든 관계는 그로 인해 시작되니까. 그렇게 시작된 관계는 '그러려니 하는 마음'으로 유지하면 된다는 것을 보노보노와 친구들은 알려주었다. 천천히 걷듯이 이어가는 관계는 좀처럼 깨지거나 망가지지 않을 거라는 것을 가르쳐주었다.

진짜 친구라는 증거

만나고 돌아서면 찜찜한 사람이 있다. 아무리 오래된 친구건, 늘 비싼 밥을 사주는 선배건, 듣기 좋은 말만 해주는 후배건 상관없이 헤어지고 집에 오는 길을 유난히 쓸쓸하게 만드는 사람이 있다.

나에게도 그런 친구가 있다. 알고 지낸 지도 오래됐고, 평소 내 일에 많은 관심을 보이며 나를 자주 만나고 싶어 하는 친구지만 웬일인지 만나면 그다지 편치가 않았다. 처음에는 내가 괜히 까다롭게 구는 것 같아 미안했다. 그런데도 마음이 즐겁지 않은 건 사실이니 난감하기만 했다. 대체 왜 나는 그 친구가 불편할까.

그러던 어느 날, 또 다른 친구와 만나던 자리였다. 여느 때와 다름없이 요즘 있었던 속상한 이야기를 꺼내놓는 친구 앞에서 나름의 조언을 이어갔다. 그러는 도중에 친구가 갑자기 진지한 표정으로 말했다. “이럴 땐 충고하지 말고, 그냥 들어주면 안 돼?” 갑작스레 날아든 돌직구 앞에서 우물쭈물하는 사이에 불현듯 그 친구 얼굴이 떠올랐다. 아, 이런 거구나. 그래서 내가 그 친구를 불편해했던 거구나.

친구는 만날 때마다 나의 외모, 스타일, 행동, 말투를 지적하며 어떻게든 고쳐주고 싶어 했다. 나의 최근 소식과 결정을 들을 때마다 바른말을 늘어놓으며 ‘그게 아니라 이거’라며 모범 답안을 알려주려 애썼다. 그러면서도 꼭 덧붙이는 한마디가 있었다. “다 너 생각해서 그러는 거야.”

처음에는 애정이라고 느껴져서 고마웠지만 만날 때마다 묘하게 기분이 가라앉았다. 내가 그렇게 문제 많은 사람인가? 늘 지적하고 조언해주지 않으면 큰일 날 정도로 형편없나? 그 친구를 만나고 돌아온 날이면 새벽까지 자아비판을 하느라 잠을 설친 적도 있었다.

하지만 이제야 깨달았다. 나 역시 친구를 그렇게 대하고 있었다는 것을. 속상해하는 사람 앞에서 알량한 충고를 늘어놓으며 잠시나마 우쭐해하고, 이런 게 진짜 우정이라며 모진 말도 서슴지 않는 사람이었다는 것을. 결국 나 역시 친구의 있는 그대로의 모습을 인정해줄 줄 모르는 사람이었다. 그러면서도 왜 친구만큼은 있는 그대로의 나를 인정해줘야 한다고 굳게 믿어온 걸까.

하루는 보노보노 아빠의 오랜 친구인 스레이 아저씨가 찾아온다. 오랜 친구라고 말은 하지만, 보노보노는 아빠와 아저씨가 친구라는 사실이 실감 나지 않는다. 둘은 같이 있을 때 별말도 안 하고 크게 재미있어 보이지도 않고, 무엇보다 요즘 자주 만나지도 않는다. 보노보노가 생각하는 친구라는 증거 첫 번째는 '늘 만나는지 아닌지', 두 번째는 '만나면 즐거운지 아닌지'인데 그 두 가지 모두 아빠와 아저씨에게는 해당되지 않는 것 같았다.

"아빠랑 아저씨가 친구라는 증거가 있어요?"

보노보노의 질문에 두 어른은 고민하기 시작한다. '하긴. 요새

우리는 잘 만나지도 않고 예전처럼 재미있게 놀지도 않는구나! 그래도 친구인 건 맞는데 이걸 어떻게 설명해야 하지?' 결심한 듯 두 어른은 보노보노에게 예전에 함께 놀았던 이야기를 열심히 해주지만 보노보노는 시큰둥하다. "하지만 그건 옛날얘기잖아요." 둘은 또 한번 할 말이 궁해진다.

하지만 보노보노는 아저씨가 집으로 돌아가는 모습을 보고, 아빠와 아저씨는 진짜 친구라는 사실을 깨닫는다. 아저씨를 배웅하는 아빠의 모습이 너무나도 평온해 보였기 때문이다. 점점 멀어지는 아저씨의 모습을 하염없이 쳐다보는 아빠의 얼굴 안에는 사랑하는 친구를 떠나보내는 아쉬움, 다시 만나는 날까지 건강하기를 바라는 마음, 얼른 또다시 만나고 싶은 마음이 꾹꾹 담겨 있었다.

그 이야기를 보며 생각했다. 재미있게 놀지 않아도 괜찮다. 자주 만나지 못해도 괜찮다. 함께 시간을 보내고 헤어지는 길에 어느새 편안한 얼굴을 하고 있다면 그게 진짜 친구 아닌가. 단, 진짜 친구라면 두 사람 모두 비슷하게 편안한 얼굴을 할 수 있어야겠지.

그날 밤 집으로 돌아오는 길은 유난히 더 쓸쓸했다. 친구 때문이 아니라 나 때문에 그랬다. 그동안 나 역시 불편한 친구였을지도 모른다는 깨달음에 서늘한 뒷목을 여미게 됐다. 나도 그런 주제에 친구를 판단하고 불평해대던 시간이 떠올라 얼굴이 붉어졌다. 이렇게 닮은 걸 보면, 우리는 친구가 맞긴 맞구나.

이제부터라도 친구가 나를 만나고 돌아가는 길에 '친구를 만나고 온 얼굴'을 할 수 있었으면 좋겠다. 나도 그런 얼굴을 할 수 있었으면 좋겠다. 그러니 이제 잔소리를 좀 끊자. 나부터 잔소리 안 하는 사람이 되자. 친구야, 우리 이제부터 충고는 안 하고 안 듣는 걸로 하자.

〈보노보노〉 20권 134쪽에서

미움받을 용기

〈보노보노〉 속 등장인물들의 일상을 가만히 살펴보면 낯선 생각이 든다. 대부분의 캐릭터가 인간과 똑같은 감정을 느끼고, 인간과 비슷한 행동을 하는데도 결정적으로 다른 점이 하나 있다. 그건 보노보노와 친구들이 미움받는 것에 대해 별 신경을 쓰지 않는다는 것이다.

천하의 소심한 보노보노는 온갖 걱정은 다 하면서도 누군가에게 미움받을 것 같다는 걱정은 단 한 번도 하지 않는다. 너부리는 항상 밉상인 짓을 하면서도 그런 자신을 누가 미워하든 말든 관심이 없다. 포로리나 야옹이 형도 마찬가지다. 관계에 대해 고민하면서도 늘 사랑만 받고 싶다고 생각하지 않는다. 누군가가 자신을 좋아하면 좋아하는 대로, 미워하면 미워하는 대로 그저 받아들인다. 우리도 그렇게 살면 얼마나 편할까.

인간관계가 힘든 이유는 미움받는 일이 주는 스트레스 때문일 거다. 가뜩이나 애정 결핍이 될 지경인데 미움까지 받다니 상상만 해도 등줄기가 서늘해진다. 하지만 솔직해지자. 우리도 누군가를 미워하지 않나. 시간만 나면 흘겨보고 뒤에서 욕하고 행여 잘되기라도 하면 다리 뻗고 잠도 못 자면서 다른 사람이라고 그러지 말라는 법이 어디 있나. 우리는 우리가 누군가를 미워하는 데는 그만큼의 합당한 이유가 있다고 생각한다. 하지만 누군가가 나를 미워하는 데에도 그만큼의 확실한 이유가 있다는 것은 알고 싶어 하지 않는다.

서로 미워하는 건

한쪽만 미워하는 것보다 낫다.

안다. 나한테 미워할 만한 구석이 있다는 게 상상 안 된다는 것. 나만큼 무난하고 평화적인 사람이 어디 있다고. 나도 그렇게 믿고 지냈다. 내가 나를 미워하는 건 말이 돼도, 남이 나를 미워하는 건 말이 안 된다고 생각했다. 나를 미워할 수 있는 권한은 나에게만 있으니, 남이 나를 미워하면 천지개벽이 일어난 것처럼 심각해졌다.

몇 해 전에 평소 존경하던 선배가 나에 대해 안 좋은 이야기를 하고 다닌다는 사실을 알게 됐다. 가뜩이나 소심한데 믿었던 사람에게 배신까지 당했다는 생각에 일상생활을 영위하기가 힘들 정도였다. 매일 울고불고 우울해하다가 점점 상태가 심각해져서 신경정신과에 상담을 받으러 갔다. 낯선 장소, 낯선 사람 앞에 앉아서 엉엉 울면서 말했다. "그 사람이 저를 왜 그렇게 미워하는지 모르겠어요. 저는 잘못한 거 하나도 없거든요? 이제껏 저는 좋은 사람들만 만났거든요!" 두서없는 넋두리를 한참 듣던 의사가 그랬다. "김신회 씨는 이제껏 좋은 사람들만 만났군요. 부럽네요! 이제껏 참 잘 살았네요."

그 말을 듣고 머리를 세게 얻어맞은 것처럼 멍해졌다. 그랬구나. 나는 이제껏 좋은 사람들만 만나서 단 한 사람이 나를 미워한다는 사실조차 받아들이지 못하는구나. 날 달갑잖아하는 한 사람에 연연해서 그동안 누린 인간관계마저 다 망친 사람처럼 굴고 있구나. 그날 이후 새로운 교훈을 얻었다. 나를 미워하는 사람 한 명 때문에 일상 전체를 망칠 필요는 없다는 것. 나를 미워하는 사람이 한 명 있어도 나를 좋아하는 사람은 열 명 있다는 것.

모든 사람을 만족시킬 수는 없다. 모든 사람이 나를 좋아할 수도 없다. 내가 소중하게 생각하는, 나를 소중하게 생각하는 사람들하고만 좋은 관계를 누릴 수 있어도 그 인생은 성공한 인생이다. 아무리 노력해도 나를 좋아해줄 것 같지 않은 사람을 원망하며 우울해하기에는 인생이 억울하지 않나. 나에게 내 마음대로 누군가를 미워할 권리가 있는 것처럼, 그도 그 마음대로 나를 미워할 권리가 있다. 그걸 받아들이기 쉽지 않다면 그가 나를 미워하는 만큼 나도 그를 미워하겠다고 마음먹으면 된다. 한없이 유치해 보이지만 그렇지 않다. 내 맘 같지 않은 인간관계에 매몰되지 않기 위한 현명한 생존 전략이다.

얼마 전, 사람 때문에 속상해하고 고민하던 차에 친언니와 이야기를 나누게 됐다. 언니는 꼬이고 꼬인 관계 때문에 긴 세월을 고생하다 결국은 그 관계를 끊어버린 경험이 있다. 내 말을 묵묵히 듣던 언니가 그랬다. "그 사람이 나를 미워하는 건 그 사람의 선택이야. 그 선택까지 내가 어떻게 할 수는 없어. 차라리 미움받아도 괜찮다고 생각하는 게 낫더라고. 미움 좀 받으면 어때. 나 좀 봐. 아무렇지도 않아."

그리고 이렇게 덧붙였다. "누구 때문에 힘들거나 억울하거나 짜증 날 때는 너만 생각해. 그 사람도 그만큼 힘들겠지, 하는 공감 같은 거 할 필요 없어. 상대방을 공감하고 이해하려고 노력하면 할수록 힘들더라고. 공감하고 이해해야 되는데 난 왜 이럴까, 쓸데없이 자책만 하게 되는 거야. 힘들 때는 나만 생각하면 되는 거야."

미움 좀 받아본 사람(!)이 하는 이 진한 조언이 어찌나 위로가 되던지. 나 역시 용기를 얻었음은 물론 저절로 언니의 앞날까지 응원하게 됐다.

그렇다. 미움 좀 받으면 어떤가. 우리 주변에는 아무리 미움받을 짓을 해도 날 미워하지 않는 사람이 있는데, 그 말은 반대로 아무리 예쁨받을 짓을 해도 예뻐해주지 않는 사람도 있을 수 있다는 얘기다. 그러니 더 이상 미움받고 사랑받는 일에 예민해지지 않아도 될 것 같다. 공감이 안 되면 공감 안 해도 된다. 이해가 안 가면 이해하지 않아도 된다. 정 힘들면 나도 그 사람을 미워하면 되니까. 얼마나 간단한가.

우리는 왜 칭찬에 목숨을 걸까

예전에 함께 밥을 먹을 때, 외국인 친구 하나가 나를 빤히 쳐다보면서 말했다. "너 웃는 게 예쁘구나." 갑작스럽게 날아든 칭찬에 얼굴이 빨개져서 허둥지둥하다가 겨우 대답했다. "아니야." 그 말에 그는 진지한 얼굴로 이야기했다. "내가 한국에 와서 놀란 게 있어. 한국 사람들은 칭찬을 하면 딱 두 가지로 반응하더라고. '아니에요' 아니면 '내가 좀 그렇죠?'. 칭찬을 들으면 대부분 부정하거나 장난을 쳐." 그 말에 발끈해서 물었다. "그럼 너네는 칭찬을 들으면 뭐라고 말하는데?" 그랬더니 그가 그랬다. "그냥 고맙다고 하지."

어찌 들으면 그저 웃고 넘길 수 있는 말이었지만 이상하게 그 말이 머릿속에서 사라지지 않았다. 나도 딱 그랬으니까. 칭찬을 들으면 꼭 부정하거나 장난치듯 잘난 척을 덧붙이게 됐다. 칭찬을 듣는 게 좋은 동시에 멋쩍기 때문이다. 그저 고맙다고 대답하고 넘어가면, 마치 내가 그런 사람이라는 걸 당연하게 인정하는 것 같아 얄미워 보일 것 같아서다. 그만큼 칭찬이 좋은 것이다.

많은 사람들이 칭찬을 사랑한다. 더 자주 칭찬받고 싶어 하고 더 많은 사람으로부터 인정받고 싶어 한다. 하지만 그렇게 원하고 바라던 칭찬을 듣고 나서는 마치 그 칭찬이 달갑지 않다는 듯이 행동한다. 그게 더 고상해 보이니까. 그렇다고 해서 칭찬을 해주지 않으면 서운하거나 화가 난다. 대놓고 칭찬해달라고 요구할 수도 없고, 그렇다고 칭찬을 안 받고 살기에는 섭섭하고. 이건 뭐 일상이 칭찬과의 싸움을 넘어 자기와의 싸움이 될 정도다. 대체 우리는 왜 이렇게 칭찬에 목숨을 걸면서도 칭찬받는 일에 익숙해지지 않을까. 도대체 칭찬이 뭐길래 사람을 이렇게 뒤틀리게 만드는 걸까.

몇 년 전 함께 방송 일을 하게 된 유명인이 있다. 재능이 있는 데다 호감도도 높아서 인기인이라고 말하기에 어색함이 없는 사람이었다. 당시에는 이러저러한 이유로 드물게 활동하고 있었지만 가능성에 능력까지 갖추고 있어서 언제 다시 TV에 등장하더라도 시청자들이 반길 만한 스타였다. 나 역시 평소 자신 있게 팬이라고 말하고 다녔다.

하지만 그는 함께 작업을 하는 내내 심기가 불편해 보였다. 프로그램 색깔과 내용이 그의 성향과 맞지 않는 것도 아니었고 촬영이 고되거나 제작진이 무리한 요구를 하는 것도 아니었다. 그럼에도 일할 때마다 석연치 않은 태도를 보였다. 처음에는 '알고 보니 성격이 안 좋은 사람인가?' 생각했지만 내 성격은 또 뭐 그리 좋다고. '보기와는 다르게 무척 내성적이고 예민한 사람인가보다'라는 생각도 했지만 그게 이유인 것 같지는 않았다.

영문도 모른 채 사이만 점점 벌어지는 느낌이 들었고, 그와 가장 가까이에서 일하는 사람으로서 이 문제만큼은 해결하고 넘어가야겠다는 생각이 들었다. 얼마 뒤, 문제는 엉뚱한 부분에 있었

다는 걸 알게 됐다.

초반에 함께 일을 시작했을 때는 그가 칭찬을 불편해하는 사람인 줄 알았다. 팬이라는 말을 듣곤 어색하게 얼버무리고, 꼭 한번 같이 일해보고 싶었다는 말에 별 반응을 안 하는 모습을 보고 자기한테 칭찬을 자주 하는 사람을 달가워하지 않는가보다 했다. 그래서 그 이후부터는 가급적 칭찬하지 않았다. 만나거나 통화할 때 담소를 짧게 나누고는 업무에 대해 설명하고, 일을 진행하는 데 문제가 없게끔 의사소통을 나누는 게 다였다.

하지만 그는 오히려 그런 내 모습이 달갑지 않았나보다. 점점 이유도 없이 꼬투리를 잡거나 말을 물고 늘어지고, 커뮤니케이션이 안 된다는 뉘앙스의 표현을 꺼내며 사람 뚜껑을 열리게 만들었다. 처음에는 내가 뭘 잘못했는지 곰곰이 생각해봤지만 무례한 건 내가 아니라 그였다. 같이 일하는 사람들에게도 자주 "그 사람 대체 왜 그래?"라는 이야기를 듣곤 했다.

그날도 역시 업무상의 통화를 하고 있는데 그는 여전히 날을 세우고 있었다. 짜증 났지만 그래도 내가 맞추는 게 낫겠다는 생각에 평소와는 다른 분위기로 대화를 시도해보았다. '이미 너무 잘해주고 있지만 이 부분을 보강하면 좋을 것 같다, 그 코너는 당신이 전문이니 믿고 맡기겠다, 워낙 잘하는 부분이니까 평소처럼 편하게 하면 될 것 같다……' 등등 누가 봐도 칭찬을 덕지덕지 바른 말들을 섞어 늘어놓았더니 그는 점점 목소리 톤이 높아지더니 어느새 기분이 좋아 보였고, 전화를 끊을 때 즈음엔 거의 신이 나 있었다. 그거였던 거다. 그동안 내가 칭찬을 안 해줘서 화가 나 있었던 거다.

나는 칭찬을 일부러 안 한 게 아니다. 딱히 칭찬할 게 없어서 안 한 거였다. 칭찬을 받고 싶다면 맡은 바에 열심히 임하거나 상대방과 가까워지기 위해 노력하면 될 것을. 오히려 괜히 시비를 걸고 분위기를 이상하게 만드는 모습에 그동안의 팬심을 전격 철회할 수밖에 없었다. 쿨한 척하는 사람일수록 쿨하지 않은 사람이라는 진실을 그를 통해 새삼 확인하게 될 줄이야.

이제는 유명인을 만나면 칭찬부터 하고 본다. 평소 칭찬을 많이 듣고 사는 사람일수록 칭찬에 목말라 있다는 것을 깨달았기 때문이다. 그런 사람일수록 칭찬을 어색해하거나 신경 안 쓰는 것 같아 보일 뿐 몹시 반긴다. "에이, 그런 소리 하지 마세요"라고 말한다고 진짜 그런 소리를 안 하면 도리어 화를 내는 사람도 있지 않았던가.

나중에 그와 더 가까워질 기회가 있다면 꼭 말해주고 싶다. 칭찬 같은 거 없어도 너는 충분히 멋있다고. 오히려 칭찬을 포기 못 하는 안달복달이 네 발목을 잡는 것 같다고. 그럼 그는 자길 대체 뭐로 보는 거냐며 불같이 화를 내겠지. 그럴 땐 소심한 나지만 한마디 하고 싶다. "그냥 보이는 그대로 보고 있는 거야!"

독일의 심리학자 배르벨 바르데츠키는 『나는 괜찮지 않다』(와이즈베리 출간)에서 칭찬과 사랑의 차이에 대해 이렇게 썼다. "칭찬과 사랑은 동일한 것이 아니다. 칭찬은 특정한 특성 몇 가지를 향한 것이지만 사랑은 그 사람의 장점과 단점 모두를 아우른다. 따라서 아무리 칭찬을 많이 받더라도 나머지 부분은, 즉 존경과 수용, 그리고 애정을 향한 갈망은 채워지지 않기 때문에 결핍된 부분을 늘 다른 곳에서 메워야 한다."

우리는 칭찬받는 일을 사랑받는 일과 혼동한다. 그래서 칭찬이 없을 때는 기가 죽고, 쓸쓸하고, 때로는 불안하거나 화도 난다. 하지만 칭찬을 갈구할수록 더욱 외로워지는 경험은 이제껏 질릴 만큼 해오지 않았나. 칭찬 다음에는 늘 더 큰 칭찬이 있어야 한다. 그러지 않으면 칭찬을 받기 전보다 마음이 더 불행해진다. 칭찬은 고래를 춤추게 할 수도 있지만 고래를 좌절시킬 수도 있다.

나 역시 칭찬이 좋다. 칭찬 들을 때마다 으쓱해진다. 그러므로 좋은 말을 들었을 때는 겸손한 척하거나 부정하거나 더 큰 잘난 척을 보태지 말고 그저 겸허히 기뻐해야겠다고 다짐해본다. 그래야 더 해줄 테니까. 그러니 칭찬을 들을 때마다 입 찢어지게 웃으면서 고맙다고 말해야지. 그게 민망하면 슬쩍 차라도 한잔 사줘야지. 그것도 왠지 노골적으로 느껴지면 마음속으로 칭찬한 사람을 많이 아껴줘야지.

하지만 무엇보다 중요한 건 지금부터라도 칭찬에 목매지 않는 습관을 들이는 일일 거다. 칭찬은 들으면 좋지만, 못 들었다고 해서 내 자신이 부정당하는 것은 아니라는 사실을 믿는 일일 거다. 그런데 그게 참 안 된다. 뭔가를 했을 때 칭찬을 들어야 살맛이 난다. 그래서 내가 요 몇 년간 계속 살맛이 안 났던 건가!

아무튼, 적어도 하나만은 기억해야지. 칭찬과 사랑은 같은 게 아니라는 것을. 칭찬은 씨앗을 뿌려주기도 하지만 싹을 자를 수도 있다는 사실을. 아무도 칭찬해주는 사람이 없을 때는 스스로를 칭찬하면서 살면 된다. 늘 소심하면서도 자기를 아끼는 일만큼은 적극적인 보노보노가 그러는 것처럼.

내 몸은 흐물흐물하다.
잡아당기면 엄청 늘어난다.
늘어나는 것이다.
그래서 나는 조개나 돌을 흐물흐물한 부위에 넣어둔다.
나는 편리한 나다.
나는 편리한 나라구.

보노보노와 아빠의 식사

〈보노보노〉 10권 92쪽에서

내 것을 알려주기 위해 화를 낸다

친구와 전자 제품 매장에 갔다. 휴대폰 충전기를 찾던 친구는 매장 입구에 있던 직원에게 도움을 청했다. 그는 무뚝뚝한 표정으로 충전기 진열대를 찾아주고 친구가 손가락으로 가리킨 제품을 거칠게 빼 들고는 휘익 손짓을 하더니 계산대 쪽을 가리켰다. 이 분이 채 안 되는 시간 동안 직원은 줄곧 기계적이었다. 그의 지시대로(?) 친구는 계산을 마친 후 매장을 빠져나왔고, 출입문을 잡아주던 나는 툭 하고 한마디를 내뱉었다. "되게 불친절하네." 그 말에 친구가 언성을 높였다.

"야! 너 그러다 큰일 나! 속으로 생각해도 될 걸 왜 크게 얘기해. 요즘 세상이 어떤 세상인데 그런 말을 함부로 해. 너 가끔 그러더라? 그러지 마!"

갑자기 길바닥에서 호되게 혼나고 정신이 좀 멍한 가운데, 적절한 반박의 말을 꺼내고 싶었으나 결국 찾지 못했다. 어버버대고 있는 사이에 친구가 잔소리를 또 치고 나왔다.

"남 들으라는 듯이 부정적인 말 하지 마! 그래서 좋을 게 뭐 있냐?"

알았다. 그만 좀 혼내라. 그날 밤 일기는 친구에 대한 쌍욕으로 도배되었다는 것은 거짓말이고, 잠시나마 내 말버릇에 대해 되돌아볼 수 있었다. 그러다보니 내가 한 게 갑질이 아니면 뭔가 싶었다. 평소 고상한 척은 혼자 다 하면서 결국은 진상 고객이었나? 그것도 뒤에서 구시렁거리기나 하는 찌질한 고객이었나?

언젠가부터 입의 혀처럼 구는 서비스에 익숙해졌다. 그래서 조금이라도 표정이 딱딱하거나 조금이라도 말투가 삭막한 서비스 업체 직원들을 대할 때마다 기분이 언짢아졌다. '나는 돈을 내는 사람인데, 그러면 안 되지' 하는 생각이 들어서다. 하지만 그가 나에게 친절하게 대하면 좋지만 그러지 않는다고 해서 뭐 그리 죽고 사는 문제라고. 서비스의 품질이 좋아지고 나서부터 어째 고객으로서의 갑질도 늘어나는 것 같은 느낌. 나도 그 흐름에 일조해온 것 같다는 생각이 들었다.

영화 〈그린버그〉의 주인공 '로저(벤 스틸러)'는 강박증을 갖고 있는 남자다. 평소 사람들과의 소통은 극소화하며 사소한 일에 죽도록 집착하고 뭐든 비판적으로 받아들인다. 그는 일상생활에서 작은 불만이 생길 때마다 업체에 손 편지를 보낸다. 얼마 전 탑승했던 비행기의 좌석이 불만족스러웠다면 이렇게 편지를 쓴다. '아메리칸 항공 관계자 보시오. 본인은 일부러 클레임을 거는 취미는 없습니다만, 귀사의 항공편을 이용하는 동안 겪었던 불편했던 점을 몇 자 적어봅니다. 전 귀사 항공기의 좁아터진 좌석을 문제 삼고 싶지 않습니다. 하지만 좌석에 달린 등받이 버튼은 반드시 개선이 필요하다고 생각합니다.' 영화를 볼 때까지만 해도 '실제로 저런 인간이 있긴 있겠지' 하며 신기해했지만 나라고 뭐 그리 다른가 싶다. 편지를 쓰고 안 쓰고의 차이일 뿐. 아니, 차라리 당당하게 불만을 표시하는 그가 더 나은 사람 같다.

어느 날 다들 왜 화를 내는 건지 모르겠다는 보노보노에게 야옹이 형은 이런 말을 한다. 화를 내는 건 다른 사람들에게 '내 것'이 뭔지에 대해 알려주고 싶어 하는 거라고. 자신의 소유를 주장하고 싶을 때마다 화를 내게 된다는 말을 들은 보노보노는 자기가 화낼 줄 모른다는 것을 깨닫는다. 하긴, 보노보노만큼 내 것에 대한 개념 없이 살고 있는 아이도 드물다. 가진 거라고는 늘 하나씩 들고 다니는 조개밖에 없으니.

보노보노는 화내지 못하는 자신에 대해 낯선 감정에 휩싸이지만, 그렇게 사는 것도 꼭 나쁘지 않은 삶이라는 걸 깨닫는다. 각자 자기 성격에 맞는 삶이 있다는 사실을 알게 된 거다. '남에게 꼭 자기 것을 알려줄 필요가 있을까? 그런 것 없이도 나는 잘만 사는데.'

나는 화를 잘 못 낸다.
나는 화를 잘 못 낸다.
화를 내는 건 모두에게 '내 것'이 뭔지
알려주고 싶어서 그러는 거라고
야옹이 형이 말했지만
나는 '내 것'이 뭔지 잘 몰라서
화를 잘 못 내는 것 같다.

부정적인 말을 입 밖으로 내는 버릇은 주변 공기를 탁하게 만든다. 그 말을 함으로써 기분이 딱히 개운해지는 것도 아니고 듣는 사람은 불쾌해진다. 그럼에도 불구하고 굳이 소리 내서 표현하는 건 내 것이 뭔지 알리고 싶다는 뜻이겠지. 하지만 배포도 없고 여유도 없는 사람이 할 수 있는 최선은 그저 구시렁대기다. 거 사람 참 꼬였네, 꼬였어.

누가 나에게 친절하게 대하지 않는다고 해서 그 사람이 나를 무시한다는 뜻은 아니다. 미워한다는 뜻도 아니다. 그는 단지 피곤하거나 생각할 다른 것들이 있거나, 과중한 업무로 스트레스가 가득 쌓인 상태일 수도 있다. 머리로는 다 안다. 실제 그 경험을 할 때는 싹 까먹는 게 문제일 뿐.

하지만 적어도 다음에 또 그런 일이 생기면 그냥 오늘만 그런 사람을 만난 거라고 여겨봐야지. 그럼으로써 '심리적인 갑질'을 조금씩 관둬봐야지. 내 마음 좀 알아달라고 애처럼 징징거리는 것도 좀 줄여나가야지. 그런데 그게 될까? 평생 이렇게 살아왔으니 쉽게 되지는 않을 것 같다.

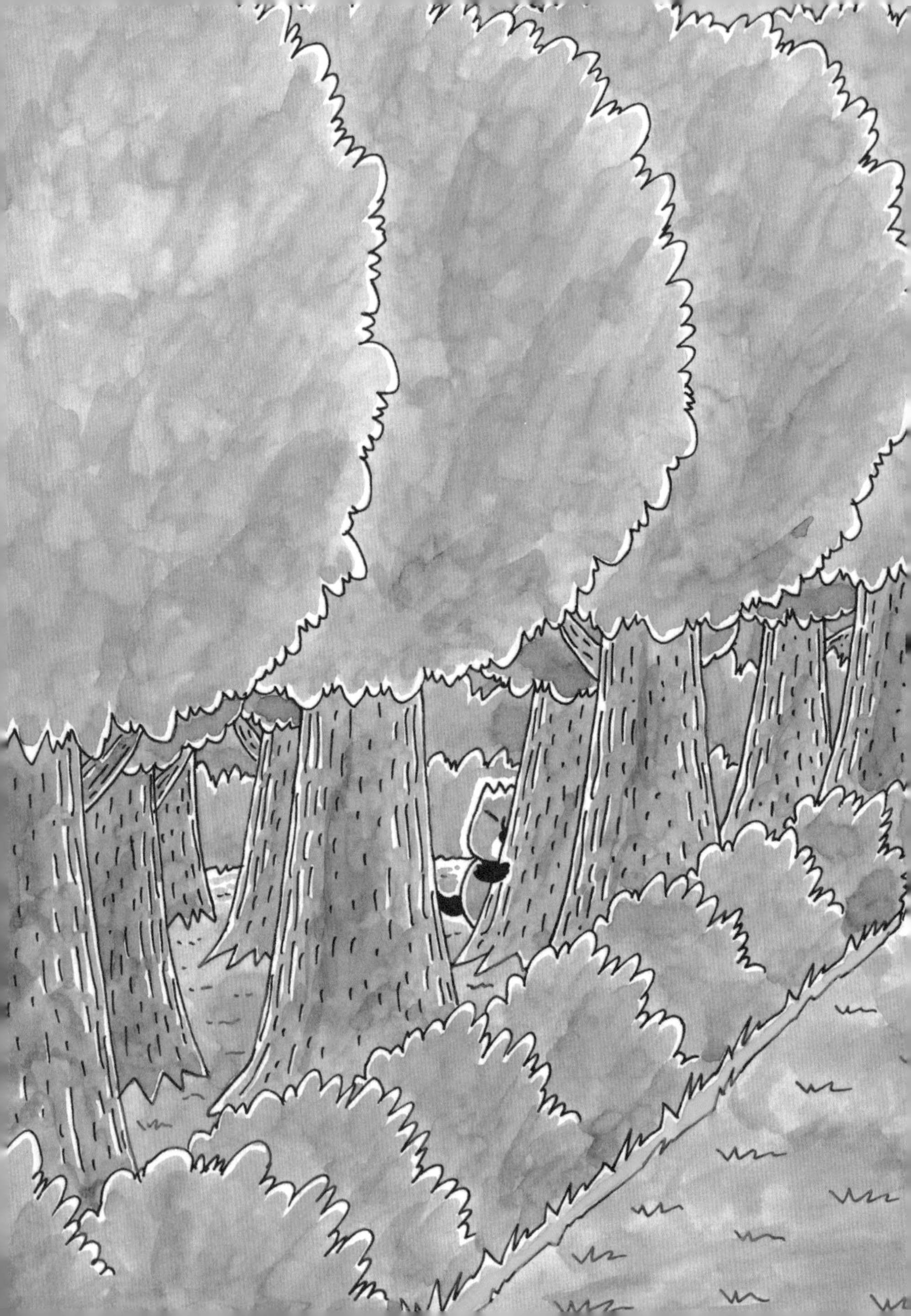

싫어하는 것과
사이좋게 지내기

맨 처음 보노보노 만화를 읽었을 때, 너부리가 너무 싫었다. 늘 입바른 소리를 하지만 본인은 정작 그렇게 살지 못하고, 자기는 눈치 안 보고 하고 싶은 말 다 하면서 맞는 말 하는 친구는 발로 차고 짓밟고 때린다. 무섭고 외롭고 따분한 기분이 들 때마다 늘 얼버무리거나 감추려 하고, 아버지와는 사이가 좋지 않아서 얼굴을 마주하기만 하면 치고받고 싸운다. 아무리 만화지만 뭐 저런 놈이 다 있나 싶었다. 알고 보니 너부리는 만화가의 실제 성격에 착안한 캐릭터라고 하던데 그 사실을 알고 나서 작가도 좀 얄미웠다.

하지만 내가 싫어하는 사람을 잘 살펴보면 그 안에 내 모습이 있다. 나를 불편하게 만드는 사람은 결국 나와 닮은 사람이다. 가만있어보자…… 그렇다면 너부리와 나는? 어휴, 닮았네 닮았어. 폭력적인 성향만 빼면 빼도 박도 못하겠다. 다만 나는 겁이 많아서 주먹을 쓸 줄 모를 뿐이다.

내가 싫어하는 유형의 사람을 보면 내가 어떤 사람인지가 보인다. 평소 나를 유난히 흥분하게 하는 사람에 대해 떠올려보면 그 사람의 싫은 점이 나와 너무 닮아서 싫은 것이다. 그런 이유에서 나는 너부리가 싫었던 거다. 쿨한 척은 하면서 정작 하나도 쿨하지 않고, 입만 나불댈 줄 알았지 말처럼 살지 못하는 게 딱 나 같았다. 내가 봐도 저런 사람은 딱 싫은데 너부리에게도 친구가 있고 나에게도 친구가 있다니. 그동안 나랑 놀아주고 만나준 사람들에게 참 고맙네…….

그런데 사람이 참 간사한 게 너부리와 내가 닮았다는 사실을 깨닫고 나니 너부리의 장점이 보이기 시작했다. 너부리는 평소에는 그리 수다스럽지 않지만 무슨 일이 생길 때마다 통찰력 있는 말을 던진다. 매사 불평을 일삼으면서도 결정적인 순간에는 따뜻한 마음씨를 드러내고, 자기를 괴롭히는 사람에게 끝까지 대들고 싸우면서도 그를 미워하거나 재단하지 않는다. 그리고 보노보노의 등장인물 중 유일하게 가슴 시린 사랑을 경험한 캐릭터이기도 하다. 아름다운 자연을 보면서 사랑의 감정을 추억하고, 낯선 여행지에서 진한 사랑을 경험할 줄도 안다. 쓰고 보니 너부리에게 반한 사람 같지만 그건 아니다. 나에게도 그런 매력적인 면모가 있을 수 있다는 이야기를 굳이 이렇게 길게 늘어놓은 것뿐이다.

결국 좋아하는 사람과 싫어하는 사람은 한 끗 차이다. 내가 좋아하는 사람은 내가 이루고 싶은 무언가를 가지고 있는 멋진 사람, 내가 싫어하는 사람은 내가 이루고 싶은 무언가를 이미 가지고 있어 얄미운 사람. 또 내가 좋아하는 사람은 나와 비슷한 특성을 가지고 있는 인간미 넘치는 사람, 반대로 내가 싫어하는 사람은 내가 싫어하는 나의 단점을 비슷하게 가지고 있어 정나미 떨어지는 사람. 이렇게 좋아하는 것과 싫어하는 것 사이에서 보노보노 역시 고민한다.

좋아하는 것과 싫어하는 게 있다.
좋아하는 것은 좋아하는 거고
싫어하는 것은 싫어하는 건데
좋아하는 것과 싫어하는 건
사이좋게 지낼 순 없는 걸까.

따지고 보면 좋아하는 데는 이유가 없다. 싫어하는 데도 이유가 없다. 둘 다 '이유 없음'인 건 똑같지만 그런 이유로 둘을 '같다'고 할 수 없는 게 문제다. 나는 나의 단점만을 고스란히 모아둔 것 같은 너부리가 싫었다. 내 자신이 싫다고 하긴 뭐하니까 그 대신 너부리를 미워했다. 그러는 동안 나를 돌아보면서 나의 단점을 깨달았다. 하지만 그렇게 건전하게만 살면 인생이 팍팍하니까 너부리의 장점을 찾으면서 나에게도 장점이 있을지 모른다며 위안하기 시작했다. 그러다보니 기분이 좀 나아졌다. 그래, 나도 그렇게 엉망이기만 한 인간은 아니야.

만약 실제로 너부리를 만나면 우리는 친구가 될 수 있을까. 알고 보면 그놈도 괜찮은 놈이라고 인정하고 받아들이게 될까. 설령 나는 그렇게 되더라도 너부리는 안 그럴 것 같다. 저런 인간은 딱 싫다며 평소와 다름없이 발광을 하겠지. 아니, 내가 먼저 저런 친구는 필요 없다고 등 돌릴지도 모른다. 어쩜, 치사한 것도 닮았어…….

좋아하는 것과 싫어하는 것이 사이좋게 지낼 수 있다면 애초부터 좋아하는 것과 싫어하는 게 따로 있지도 않았을 거다. 그런 의미에서 보노보노야, 너의 마음은 이해하지만 그 둘이 화해하기란 쉬운 일이 아닐 것 같다. 둘 다 고집이 너무 세거든. 좋아하는 건 좋아서 너무 좋고, 싫어하는 건 싫어서 너무 싫거든. 따지고 보면 어려운 일이 아닌데 결코 잘 안 되는 일이야말로 진짜 어려운 일 아니겠니.

포로리네 형의 명언

〈보노보노〉 17권 131쪽에서

졌다고 생각한 놈이 있을 뿐

친구가 오랜만에 나간 술 모임이 엉망이 된 이야기를 해주었다. 지인 네 명이 만난 자리였는데 대화를 나누던 중에 두 명의 의견이 엇갈리기 시작하더니 언성을 높이면서 싸우기 시작하더라는 거다. 친구는 분위기 좋았던 술자리를 망쳤다며 언짢아했지만 나는 속으로 이런 생각을 했다. '나도 싸움 구경하고 싶다…….'

세상에서 제일 흥미진진한 것은 싸움 구경이다. 하지만 요새는 다들 어쩐 일인지 좀처럼 싸우지 않아서 싸움 구경할 일이 흔치 않다. 단, 여기서 말하는 싸움이란 네가 잘났네, 내가 잘났네 하는 말싸움 정도. 뉴스에나 나오는 흉악한 싸움이나 국회의원들의 찌질한 세력 다툼을 팔짱 끼고 지켜볼 자신은 없다. 친구는 당분간 그 두 사람을 못 만나겠다고 했지만 나는 "다음엔 나도 좀 불러줘" 하며 실실 웃었다.

싸움 구경이 하고 싶지만 그럴 수 없을 때는 프랑스 영화를 본다. 프랑스 영화에서 대부분의 주인공들은 엄청나게 말을 많이 하고 자기 주장에 거침이 없다. "밥 먹었니?" "안 먹었는데?" 같은 사소한 이야기도 싸우는 것처럼 대화한다. 그런 사람들 사이에서 남의 눈치만 보거나 과묵한 사람은 오히려 독특해 보인다.

나는 프랑스인에 대해서는 아는 게 없지만 프랑스 영화 속의 프랑스인들은 매력적이다. 미친 듯이 싸우고 나서 불같이 화해하고 열렬히 사랑하다가도 죽일 듯이 증오한다. 그 냄비 근성을 간접 경험하기 위해서 영화를 본다. 이래도 좋고 저래도 좋을 이야기를 침 튀기며 하는 모습을 보는 것도 속 시원하다.

마치 프랑스 영화 속 한 장면에 있었을 것 같은 그날 밤의 친구가 부러웠다. 나도 가끔 사람들이 모인 자리에서 친구와 언성을 높이곤 하는데, 이제야 아무도 우리를 말리지 않은 이유를 알 것 같다. 그 싸움을 더 보고 싶었던 거다. 마치 프랑스 영화를 보는 것처럼 흥미진진했던 거다. 이 추측이 사실이라면 친구들은 고품격 취향을 가진 게 틀림없구나. 돈 한 푼 안 내고 영화도 보고 알뜰하기도 하네. 그 안의 우리는 마치 명배우처럼 리얼하게 싸움 연기를 했을 것이다. 그렇게 싸우고 나서도 우리는 아무도 졌다고 생각하지 않는다. 아무도 이겼다고 생각하지도 않는다.

살아 있는 원수지간인 큰곰 대장과 야옹이 형은 어느 날 또 한 번 결투를 한다. 도대체 왜 싸우는지 이유도 모르면서 격렬하게 싸운 둘은 각각 온몸이 상처로 너덜너덜해진다. 금방이라도 쓰러질 것 같은 야옹이 형의 끔찍한 몰골을 마주친 엄마 곰은 깜짝 놀라지만 야옹이 형은 마치 이긴 사람처럼 아무렇지 않은 얼굴을 하고 있다.

엄마 곰 이긴 당신이 이 정도면 진 상대는 더 심하겠네?

야옹이 형 아니, 두세 군데 피가 난 정도야.

엄마 곰 그런데 왜 당신이 이겼다는 거야?

야옹이 형 내가 이긴 게 아니야. 그놈이 졌다고 생각한 거지.

엄 마 곰 왜 그놈은 졌다고 생각한 건데?

야옹이 형 나는 아무렇지도 않은 표정을 잘 짓거든.

엄 마 곰 그럼 당신이 이긴 게 아니라는 거야?

야옹이 형 이긴 놈은 없어. 졌다고 생각한 놈이 있을 뿐이야.

야옹이 형과 큰곰 대장은 친구인 게 확실하다. 피 터지게 싸우고도 천연덕스러운 표정을 지을 수 있는 사이. 누가 이겼는지 졌는지도 관심 없는 싸움을 놀이처럼 계속해나가고 있는 사이. 야옹이 형과 큰곰 대장은 결투를 하면서 우정을 느낀다. 그렇게 격렬히 싸우고도 서로를 미워하지 않을 수 있다는 사실을 확인한다.

가끔 "우리는 싸운 적이 없어요"라고 자랑하듯 말하는 연인이나 부부를 보면 "괜찮으세요?"라고 물어보고 싶다. 애정이란 분노를 포함하는 것이라고 믿는다. 그래서 싸우지 않고 산다는 말은 그 생활에 애정이 조금만 들어 있다는 얘기로 들린다. 잘 싸우는 사람일수록 잘 사랑한다. 싸움이 겁나서 말을 아끼게 되는 사람에게는 결국 마음도 아끼게 되니까. 서로를 이해하기만 하는 관계란 서로 이해할 만큼의 애정만을 갖고 있다는 뜻이다.

그래서 나는 오늘도 아끼는 친구와 언성을 높인다. 그렇게 싸우면서 확인하는 애정도 분명 있다고 믿으면서 핏대를 올린다.

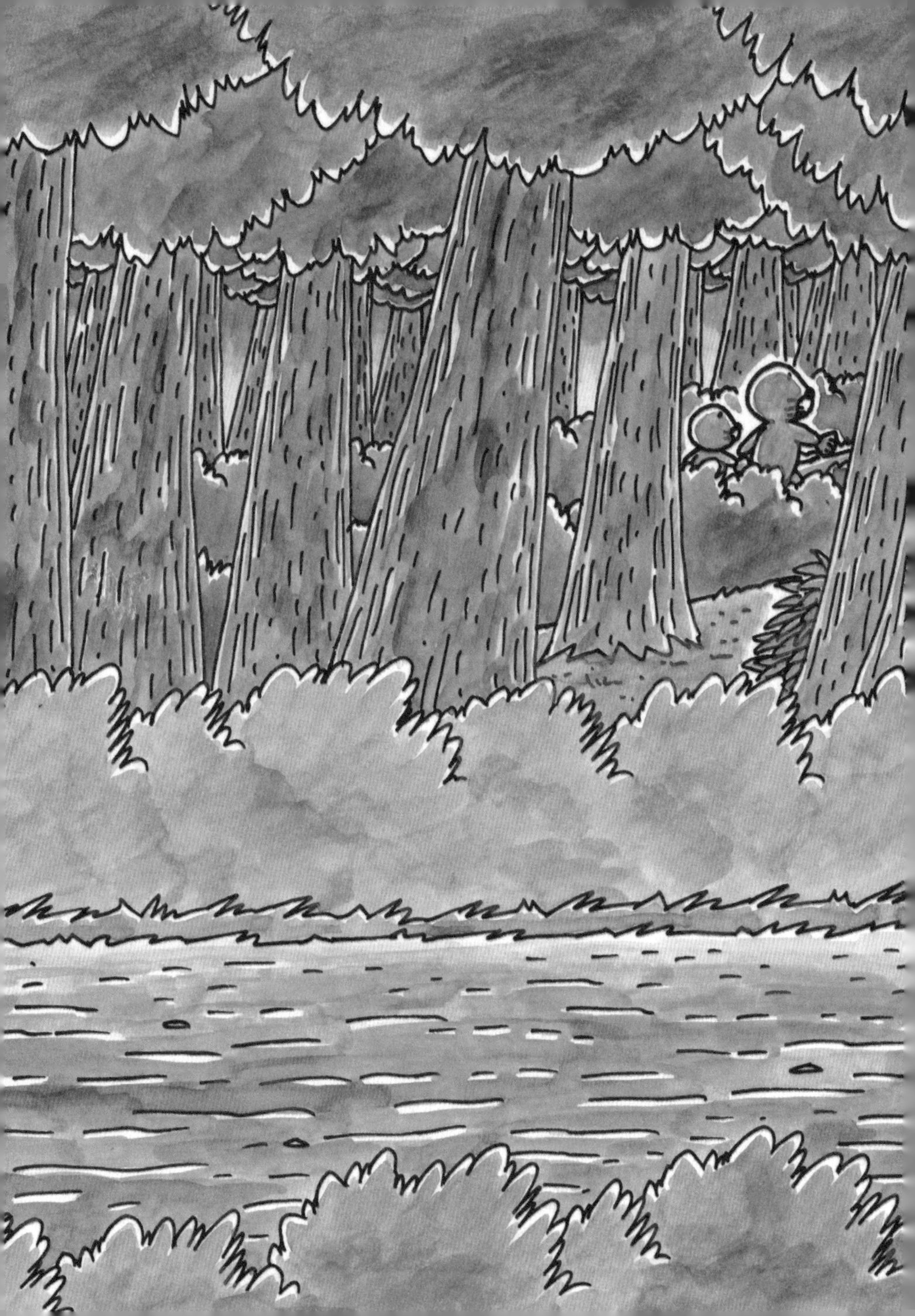

가족이란 모르는 것투성이

엄마는 늘 꼿꼿한 사람이었다. 매사에 이성적인 사람이었다. 초등학교 때 담임 선생님에 대한 불평을 하면 "선생님은 다 너 잘 되라고 그러시는 거야"라고 말씀하는 분이었고, 맘에 안 드는 친구에 대해 이야기하면 "사람은 각자 다 생각이 달라"라고 반응하는 분이었다. 그래서 언젠가부터 엄마에게 내가 겪은 일이나 감정에 대해 이야기하지 않는 습관이 생겼다. 어떤 이야기를 해도 엄마는 이렇게 말씀하실 것이므로. "그건 그 나름대로의 사정이 있었을 거야." 바르기만 한 말 앞에서 어린 마음은 문을 닫는다.

내 편을 들어주지 않는 엄마에 대한 반발로 나 역시 엄마 편을 들지 않는 딸로 자랐다. 엄마가 어떤 부조리한 사안에 대한 이야기하면 이렇게 말했다. "사람이 다 그래." 아빠에 대한 원망을 늘어놓을 때도 이렇게 말했다. "그러기에 왜 결혼했어요." 그러는 사이에 점점 엄마를 아끼는 법을 잊어버렸다. 우리는 통하지 않는다고 생각하며 살았다.

얼마 전 엄마가 우울증 진단을 받았다. 늘 당당하던 엄마는 갑자기 도화지 같은 얼굴을 하고, 나와 눈을 마주치지 않으려 하고, 질문을 해도 대답하지 않거나 대화 자체를 피했다. 언젠가부터는 방문을 걸어 잠근 채 밖으로 나오지 않았고 그러더니 훌쩍 집을 떠나버렸다. 엄마가 돌아오기만을 기다리면서도 돌아왔을 때 어떤 이야기를 어떻게 건네야 할지 막막했다. 우리가 제대로 된 대화라는 걸 해본 적이 있었던가. 서로 위로라는 걸 해본 적이 있었나.

며칠 뒤, 핏기 없는 얼굴로 집으로 돌아온 엄마는 내 질문에 짤막한 대답을 하면서도 눈물을 흘렸다. "너한테 고생만 시키고, 엄마는 마음이 안 좋다"는 남 같은 이야기를 하면서 목소리를 떨었다. 예상은 했지만 당황했다. 엄마의 이런 모습은 본 적이 없는데. 엄마에게 배운 것이라고는 "고난은 언젠가 다 지나가게 되어 있어" "노력하면 다 이겨낼 수 있는 거야" 같은 딱 부러지는 말들뿐이었는데. 하지만 그런 말을 할 수는 없었다. 적어도 고난이란 지나가는 법이 없고 노력해도 이겨낼 수 없는 게 있다는 걸 아는 나이가 되어서일까. 아니면 내가 우울했을 때, 엄마가 그런 말을 해서 더 우울해졌던 걸 기억하고 있기 때문일까.

적절한 말을 고르는 대신, 몇 끼를 굶었을 엄마를 위해 죽을 끓이고 반찬을 만들었다. 내가 가끔 아팠을 때 엄마가 그랬던 것처럼 쌀을 불리고 채소를 삶았다. "바쁜데 안 그래도 된다. 엄마 괜찮다"는 말은 배경음악처럼 흘려들으며, 왜인지는 모르겠지만 이상하게 고양되던 마음을 느끼며 밥을 차렸다.

그러는 동안 깨달았다. 엄마가 병들고 나서야 엄마를 이해하게 되었다는 것을. 사람은 그리 강하지 않다. 나도 그렇다. 하지만 우리 엄마만큼은 아닐 줄 알았다. 그러나 우리 엄마도 마찬가지다. 지난한 세월 동안 꼿꼿하게 지켜왔던 엄마의 자존심과 세월이

마음으로 전해졌다. 한참 동안 미음이 담긴 냄비를 저으며 조금 울었다.

보노보노는 어느 날, 아빠가 혼자 어딘가로 불쑥 가버린다는 사실을 깨닫고 몰래 뒤를 쫓아가보기로 한다. 아빠가 눈치채지 못하게 먼 바다까지 헤엄쳐 가는 일이 쉽지 않았지만, 그러는 동안 이제까지 알지 못했던 아빠의 모습을 알게 된다. 늘 온화하고 어쩔 때는 어수룩해 보이던 아빠였는데, 멀리 떨어져 있는 바닷가의 고래 무리들에게는 '공포의 존재'로 불리고 있던 거다. 보노보노는 몇 해 전, 고래 우두머리와의 대결에서 극적으로 승리한 이후로 고래 무리들에게 무시무시한 영웅으로 거듭난 아빠의 과거를 알게 된다. 그 덕에 고래 무리에 둘러싸여 위험에 빠질 뻔한 보노보노 역시 목숨을 구하게 된다.

하지만 보노보노는 상상하지도 못한 아빠의 새로운 모습에 충격을 받는다. 내가 알고 있는 아빠가 맞는지, 그동안 나는 아빠에 대해 뭘 알고 있었던 건지 혼란스럽다.

보노보노 나는 아빠에 대해 전혀 몰랐던 걸까?

고래 장로 응. 몰랐지. 앞으로는 더 모를 거야.
눈에 보이는 거랑
지금 아는 것만 알고 있으면 되는 거야.

하지만 그건 진짜가 아니지.

그럼 다시 눈에 보이는 거랑 아는 것만 알면 되는 거야.

그것 역시 진짜가 아니지만.

보노보노 그럼 난 어떻게 하면 돼?

모르면 알아가면 된다. 하지만 안다고 해서 그게 꼭 진실인 것은 아니다. 마치 선문답 같은 대화를 따라가다보니 자연스레 엄마와 내 모습이 겹쳐진다. 엄마와 나 사이에도 솔직하지 못했던 시간이 삼십 년이 넘는다. 하지만 우리 앞으로는 삼십 년이 더 남아 있을지도 모른다. 그러니 지금부터라도 알아가보자. 그래도 모르겠으면 또다시 알아가면 된다.

그런 의미에서 다짐을 했다. 나라도 솔직해지자. 나부터 먼저 징징거리고, 불평하고, 엄마는 그런 적 없냐고 철없이 물어보자. 엄마를 '엄마로서의 사람'이 아닌 '사람으로서의 엄마'로 대하면 엄마 역시 나를 '딸로서의 나'가 아닌 '사람으로서의 딸'로 봐주지 않을까. 내가 맨 처음 엄마의 눈물을 봤을 때 그랬듯 엄마 역시 당황할지도 모른다. 대체 어떤 말을 건네야 할지 망설일지도 모른다. 하지만 그러면 뭐 어떻다고. 당황스러운 마음에도 "노력하면 다 좋아지는 거야"라는 말을 건네지 않을 엄마를 기다려봐야겠다.

요즘 나는 한껏 약해진 엄마에게 끌린다. 이제야 내가 엄마를 사랑하고 있었다는 게 실감 난다. 엄마도 딸만큼이나 약한 사람이라는 것만큼의 위안이 없다는 것도 알게 되었다. 그 안도감이 나를 살게 한다. 엄마를 더 사랑하게 한다. 나는 요즘 엄마 때문에 슬퍼하는 법을 새로 배우고 있다.

꿈 없이도
살 수 있으면
어른

'금세'를 안 하면 어른이 될까

십대 때는 빨리 어른이 되고 싶었다. 당장 어른이 돼서 하고 싶었던 게 있었다. 고등학교를 졸업하고 스무 살이 되었을 때 '어른 버킷 리스트'를 하나씩 클리어하기로 했다. 그중 첫 번째는 염색이었다.

스무 살 때는 알록달록한 머리가 유행이었다. 애들은 마치 그게 성인이 된 증명인 양 죄다 머리를 물들였다. 하지만 빨간 머리, 노란 머리는 너무 흔한 것 같아 초록 머리를 하기로 했다. 집에서 염색약을 바르고 권장 시간을 훨씬 넘길 때까지 내버려두었다. 그래야 더 진한 초록이 나올 것 같아서였다. 미용에 기술과 소양이 전혀 없는 스무 살짜리가 자체적으로 만들어낸 초록 머리는 어디는 까맣고 어디는 노랗고 어디는 갈색에다 나머지만 초록색이었다. 주변 사람들은 내 머리를 보고 나무 같다고, 상추 같다고 했지만 만족했다. '똑같은 머리를 한 사람은 하나도 없음'이라는 소기의 목적을 달성했기 때문이었다.

나는 어설픈 초록 머리를 한 채 동아리 선배와 시시덕거리고, 다른 과 남자애를 짝사랑하고, 친구랑 싸우고, 툭하면 취했다. 따지고 보면 초록 머리가 없어도 다 할 수 있는 일이었다. 어쩌면 초록 머리가 아니었다면 더 잘할 수 있었을지도 모른다.

어른 버킷 리스트에는 '야한 영화 보기'도 있었다. '어른' 하면 '19금 영화', '19금 영화' 하면 '성인' 아닌가. 잘 알지도 못하면서 그렇게 야한 영화가 보고 싶었다. 그것도 당당히 내 돈으로 표를 끊어서 보러 가고 싶었다. 태어나 처음으로 본 성인 영화는 〈바운드〉라는 외화였는데, 때마침 군대에서 휴가를 나온 선배와 같이 봤다. 영화는 생각보다 야하지는 않았지만 여주인공들의 가슴이나 엉덩이 등을 빅 클로즈업하는 장면이 많았고, 엎친 데 덮친 격 여자들끼리의 러브신이 자꾸 나왔다. 내가 보자고 우겨서 본 영화였는데 생각보다 하드코어 한 전개에 나도 울고 선배도 울고……. 영화관을 빠져나온 후 우리는 서로 눈을 못 마주치고 어색해하다가 쭈뼛쭈뼛 인사를 하고는 헤어졌다. 그날 이후 선배에게서는 연락이 없었다.

보노보노 역시 늘 어른이 되는 일에 대해 고민한다. 어느 날 포로리의 큰누나 도로리를 통해 자립을 해야 한다는 말을 들은 보노보노는 덜컥 두려움이 생긴다. 자립이라는 말이 뭔지도 모르겠는데, 자립을 못 하면 큰일 날 것 같아서 운다.

자립이란 '자기 힘을 길러 어른이 되는 일'이라는 도로리의 말을 듣고 보노보노는 전혀 다른 의문을 품는다. 금세 울지 않고 금세 화내지 않고 금세 웃지 않으면 어른이 된다는 착각을 하게 된 것이다. 그래서 혼잣말을 한다. "'금세'를 하면 안 되는 걸까? '금세'가 나쁜 걸까?"

얼핏 들으면 유치한 말장난처럼 느껴지지만 나 역시 이 대목에서 비슷한 생각을 했다. 어른이 되면 '금세'와 멀어지는 법이라고.

도로리가 말하는 자립이란

〈보노보노〉 3권 38쪽에서

무언가를 열망하는 일에 대해서도 마찬가지라고. 뭔가를 금세 하고 싶어 하는 것, 반대로 금세 싫증 내는 일 역시 젊음의 고유한 능력이라는 생각이 든다. 하고 싶은 것들을 금세 줄 세우는 일만으로도 뿌듯해하고, 그렇게 열망하던 것들이 뭐였는지조차 금세 까먹는 것도 다 어려서 가능한 일 아니었을까.

하지만 그렇지 않다. 세상이 말하는 어른이 되고 나서는 다른 '금세'를 할 뿐이다. 어른은 금세 포기하고, 금세 후회하고, 금세 체념한다. 처음엔 그런 게 참 싫어도 어느새 그 마음 역시 금세 아무 일 아니라는 듯 넘길 수 있게 된다. 보노보노의 염려처럼 금세는 나쁜 게 아니다. 금세는 아이와 어른 모두에게 꼭 필요한 거다.

허락되지 않은 것들을 할 수 있게 되면 어른이 될 거라고 믿었다. 머리카락 염색이나 19금 영화 보기 같은 것들이 어른으로 만들어줄 거라고 생각했다. 하지만 나는 어른에 대해 착각하고 있었다. 어른이란 모든 걸 스스로의 힘으로 결정할 수 있는 사람이기도 하지만, 아무것도 하지 않기를 결정할 수 있는 사람이기도 하다. 그런 삶을 멋없다고, 비정상이라고 생각하지 않는 사람이기도 하다. 그럼으로써 별로 어른답지 않은 지금의 삶도 그럭저럭 버텨낼 수 있는 사람이다. 하지만 그런 어른도 가끔은 아이 때의 마음을 떠올린다. 그동안 바라온 어른의 모습이 지금 내 모습이 맞나 싶을 때가 생각보다 많기 때문이다.

보노보노, 포로리가 왜 혼자 사는지 아니?
나랑 아버지가 독립시키려고 결정한 거야.
그리고 포로리도 혼자 살고 싶다고 했어.
난 포로리가 대단하다고 생각해.
하지만 포로리는 호두를 버리지 않고 있어.
호두는 그 아이의 분신, 아니 그 아이 자체야.
자기를 버리지 못하는 한 독립할 순 없어.

어른들 이야기는 재미없어

사람들을 만날 때 유난히 몰입이 안 되는 시간이 있는데 그 자리에 없는 사람에 대한 이야기가 길어질 때다. 그런 이야기일수록 미담이나 칭찬일 리가 없어서 '요즘 걔가 그 모양이래' 류의 뒷담화가 대부분이다. 평소 남 욕하는 걸 싫어하지는 않지만 욕은 테킬라 스트레이트 잔을 원샷 하듯 짧고 굵게 하는 것을 선호한다. 가늘고 길게 하는 남 욕은 MSG 잔뜩 들어간 비빔국수 곱빼기를 끝까지 먹어야 하는 것처럼 지친다.

그날은 지인들을 여럿 만나는 자리였는데 그중 한 명의 이야기가 유난히 지루했다. 실제로 조금 졸기까지 했다. 처음에는 내가 그를 별로 좋아하지 않아서 그런가보다 싶었는데 집에 가는 길에 깨달았다. 그 사람이 그날 하루 종일 자기 얘기보다 남들 이야기를 훨씬 많이 했기 때문이었다.

이야기의 주인공이 그 사람과 연관이라도 있다면 끝까지 들어나볼 텐데, 그는 전혀 상관없는 남 이야기를 하는 데 꽤 많은 시간을 보냈다. 그날따라 평소보다 피로도가 급속도로 상승해서 "나 먼저 갈게!" 하고 잽싸게 도망칠 수밖에 없었다. 가십은 분위기 환기용일 뿐 메인 대화 주제로는 적절치 않다. 날씨 이야기, 안부 인사 같은 걸 세 시간 동안 듣고 있다고 생각해보라, 사람 미친다.

어른들이 하는 대화는 재미없다.

어른들은 '무엇이' '왜' '어떻게 되었다'라고 말한다.

아이들은

'무엇이' '왜' '그래서 나는 이렇게 생각해'라고 말하는데.

만약 세상의 가십이 모두 진실로 판명된다면 우리 삶은 지금보다 몇 배는 더 지루해질 것이다. 사람들은 주야장천 사실만을 말하는 데 지쳐 거짓말하는 법을 새로 배울지도 모른다. 가십이 매력적인 이유는 '아직 밝혀진 것 없음'이 주는 짜릿함과 가능성 때문이 아닌가. 믿거나 말거나인 '지라시'가 왜 그리 인기 있을까. "그럴 줄 알았어" "그럴 것 같았어" 하면서도 그게 다 사실은 아닐 거라 추측하고, 진짜임이 드러나면 경악하고 욕하고…… 마치 게임하듯 즐길 수 있기 때문이다.

가십이야말로 나랑 상관없는 이야기라서 재미있는 게 아니냐는 말도 종종 듣는다. 그래서 모여서 이야기하고 곱씹을수록 쾌감이 커진다는 거다. 하긴, 주변을 둘러봐도 가십의 주인공인 사람은 오히려 가십에 대해 관심이 없다. 주변 사람 대부분이 그 사람에 대해 안 좋은 이야기를 하고 다니는데 정작 그 사람만 모르는 경우가 많다. 혹은 알고도 상관없다며 넘기거나. 후자는 누가 뭐래도 매력이 넘치는 스타일이다.

아무리 흥미로운 가십이라 해도, 나는 가십만 길게 말하는 사람보다 아무 이야깃거리 없이 재미없는 사람이 더 낫다. 가십을 길게 말하는 사람이 되느니 차라리 가십의 주인공이 되고 싶다. 하지만 가십도 인기 있고 관심받는 사람들에게나 해당되는 사안인지라…… 쩝.

그래서 때로는 스스로 가십을 만든다. 실수한 이야기, 헛짓하고 다닌 에피소드 등을 모아놨다가 사람들을 만났을 때 풀어놓는다. 스스로 가십을 제작, 확대, 재생산하는 것이다. 그런데 늘 제작에서만 그치는 것이 문제다. 아무도 나에 대한 가십을 확대, 재생산해주지 않는다. 여러 사람들 입에 오르내리는 가십의 주인공도 아무나 되는 게 아니다. 아무나 치명적인 사람이 되는 게 아니다.

나도 모르는 사이에 변해버렸어

〈보노보노〉 20권 99쪽에서

인생이 꼭 재미있어야만 할까

항상 밝고 긍정적인 홰내기는 지루한 것을 못 참는다. 틈날 때마다 보노보노 친구들과 어울리면서도 '뭐 더 재미있는 일 없을까?'를 고민한다. 게다가 인생이란 즐거워야 하는 것, 꿈은 노력하면 이루어지는 것, 자신을 미워하는 한이 있더라도 희망을 버리지 않는 삶이라야 진정한 삶이라고 믿는 초긍정 캐릭터이기도 하다. 보노보노는 그런 홰내기를 보며 재미난 친구라고 생각하지만, 때로는 홰내기만큼 재미있지 않은 자기 모습에 시무룩해질 때도 있다.

세상에서 재미없는 일이 사라진다면 어떻게 될까?
나도 매일 재미있게 지낼 수 있을까?
아니면 나도 재미없는 녀석이라는 말을
듣지 않고 살게 될까?

요즘 유난히 "인생이 재미가 없어"라는 말을 자주 듣는다. 각자 상황은 달라도 '인생 = 재미없음'이라는 공식에는 대부분 동의한다. 주변 사람들만 봐도 일상은 매일 똑같고 일은 지겹고, 새로운 사람들을 만나거나 색다른 경험을 해도 딱히 짜릿함이 느껴지지 않는다며 난감해한다. 그럴수록 자꾸 즐거움에 대한 강박을 갖게 된다.

웃기는 일이 없으면 웃기는 영화나 TV 프로그램을 보면서라도 웃어야 하고, 웃을 일이 없으면 재미있는 사람을 만나서 낄낄거리기라도 해야 할 것 같다. 그게 아니라면 스스로에게 지속적으로 새로운 자극을 부여하려고 노력한다. 인생이 재미없다고 느끼는 순간 우리는 불안해진다. 왜냐하면 재미없는 인생은 불행한 인생이기 때문이다. 그런데 여기서 잠깐. 인생은 원래 재미있는 거라고 대체 누가 정한 거지?

하루는 끊임없이 재미있는 일을 찾아다니고, 새로운 재미를 궁리하느라 피곤해하는 홰내기를 아빠가 부른다. 아빠는 잠깐 앉아보라면서 홰내기의 등을 긁어주겠다고 한다. 갑자기 왜 등을 긁어주겠다는 건지 의아해하는 홰내기에게 아빠는 이런 말을 한다.

> 홰내기는 항상 '뭐 재미있는 일 없을까?' 생각하잖아.
> 그래서 좀 피곤한 거 아닐까?
> 가끔은 이렇게 등 긁는 것만으로도 놀이가 된단다.

이 장면을 볼 때마다 대부분 짐짐하고(예를 들면 보노보노) 시니컬한(예를 들면 너부리) 캐릭터들 사이에 작가가 왜 홰내기를 집어넣었는지를 생각해보게 된다. 물처럼 흘러가는 스토리에 양념을 치는 존재가 필요했던 걸까? 아니면 그렇게 즐겁고 활기차게 사는 게 인생이라고 알려주고 싶었던 걸까? 둘 다 아닌 것 같다.

작가는 늘 행복과 재미에 집착하는 홰내기의 모습을 통해 그렇게 아등바등 살 필요가 없다는 걸 말하고 싶었던 게 아닐까.

매번 즐거움을 추구하느라 정신없는 홰내기는 〈보노보노〉의 등장인물 중에서 가장 비현실적으로 보인다. 동시에 가장 현실적으로도 보인다. 왜냐하면 우리 역시 비슷하게 살고 있기 때문에. 행복하지 않으면 큰일 난다는 듯이, 재미없으면 인생이 끝나버릴 것처럼 아등바등. 또 열심히.

따지고 보면 재미없는 인생이 이상한 게 아니라 계속 재미있기만 한 인생이 특이한 거다. 인생이 늘 새로운 재미와 자극으로 넘친다면 그 인생 어디 피곤해서 살겠나. 가끔은 아무 일 없고 지루해줘야 새로운 재미도 느껴지는 것을. 심지어 아무 일 없는 게 더 좋을 때도 있는 것을.

야옹이 형은 특별한 일이라고는 없는 동네를 그저 걷는 걸 즐긴다. 포로리는 그런 야옹이 형이 신기해서 하루는 몰래 뒤를 밟아보기로 한다. 하지만 아무리 따라 다녀봐도 야옹이 형은 별다른 일을 하지도 않고 그냥 걷기만 한다. 딱히 재미있어 보이지도 않는 짓을 왜 계속하는지 궁금해하는 포로리에게 야옹이 형은 아무 일도 없는 게 제일 좋다는 말을 한다.

포로리 왜 아무 일도 없는 게 제일 좋아?
그냥 걷기만 하는 건 지루해 보이는데.

야옹이 형 응. 지루해.

난 그저 아무 일도 없는 걸 확인하기 위해서 걷는 셈이야.

걷고 있으면 마음이 차분해지거든.

'아! 오늘도 아무 일도 없었구나!' 싶어서.

야옹이 형은 이상한 말만 한다고 생각하며 포로리는 집으로 돌아간다. 그리고 평소와 다름없는 부모님의 모습에 처음으로 신기한 생각이 든다.

아. 아무 일도 없다는 건 좋은 거구나.

세월이 주는 장점 중 하나는 유연함이다. 유연함은 우리를 즐거움이나 재미에도 무던해지게 만들어준다. 이는 재미없이 사는 사람이라는 뜻도 되지만, 재미가 없어도 사는 사람이라는 뜻도 된다. 그런 의미에서 즐겁지 않은 삶은 그만큼 나쁠 것도 없는 삶이다.

재미도 없고 특별할 거라곤 더 없는 요즘 내 일상을 떠올리다 보니, 아무것도 없는 삶은 그 이유만으로도 제일 좋은 삶이라던 야옹이 형의 말이 떠오른다. 어릴 적, 도무지 이해할 수 없었던 어른들의 말도 점점 수긍이 가는 걸 보면 나도 영락없는 어른이 된 건가 싶다. "평범하게 사는 게 제일 어려운 거야."

일주일이 지난 후

〈보노보노〉 23권 100쪽에서

보고 싶어서
가슴이 미어질 때

오랜만에 같이 저녁을 먹고 있는데 아빠가 불쑥 말씀하셨다.

"니는 누가 보고 싶고, 그립고 해서 가슴이 미어진 적 있나?"

"있지."

"언제? 누가?"

"그건 말할 수 없지. 프라이버시니까."

"……."

아무리 그래도 이렇게 대화를 마무리하는 건 아닌 것 같아서 한마디 덧붙였다.

"근데, 아빠가 요즘 그래요?"

잠시 망설이던 아빠가 대답하셨다.

"응. 내가 그렇다. 우리 할머니. 돌아가신 우리 할머니가 너무 보고 싶어."

세 살 때 부모님을 여읜 아빠는 내내 할머니 손에서 컸다. 할머니는 내가 대학생 때 돌아가셨다. 아빠는 종종 할머니 이야기를 했지만 요 몇 년 통 말씀이 없었는데 요즘 유난히 할머니 얼굴이 자꾸 사무치시나보다. 무슨 말을 건네야 할지 모르겠어서 한마디 했다.

"언제 한번 성묘라도 다녀오세요."

그 말에 아빠는 대답이 없다.

아빠도 어느새 그 '한번'이 망설여지는 나이가 된 건가. 성묘하러 가는 일도 엄두가 나지 않는 할아버지가 되어버린 건가. 내 나이 먹는 것에만 한숨 쉴 줄 알았지 아빠 나이 드는 거에 대해서는 모른 척해왔던 것 같아 마음이 덜컹했다. 하지만 나는 아무 말도 못 하고 다시 밥을 먹었다.

아빠도 말없이 밥을 드셨다.

우리는 평소와 다를 것 없이 말없이 밥을 먹었다.

그런데 아빠의 그 말이 계속 머리에서 맴돈다.

"가슴이 미어진다. 우리 할머니가 너무 보고 싶어서."

아이고,

마음속에서 눈물 한 방울이 툭 떨어진다.

포로리는 어느 날 문득 옛 생각에 잠겨 행복했던 가족들과의 추억을 되찾고 싶어 한다. 하지만 그런 포로리에게 늙은 아빠는 말한다.

아빠랑 엄마는 이미 각오했다. 잊어버릴 각오.

그러니 너도 각오하거라.

그러면서도 포로리가 아직 어리다는 걸 아는 아빠는 이렇게 덧붙인다.

각오라고 말은 해도 금방 되는 건 아니지.

아빠랑 엄마도 오랜 시간에 걸쳐 각오했거든.

그러니 멋대로 부활 같은 거 시키지 마라.

추억을 떠나보낼 각오를 한다는 것.
나는 그게 뭔지 아직 모른다.
아무리 각오해도 떠나보낼 수 없는 추억이 있다는 것.
그것 역시 아직 모른다.
여전히 할머니가 보고 싶어 가슴이 미어지는 아빠의 마음도
아직 모른다.
언젠가 나에게도 닥칠 일이기에
최대한 모르고 싶다.
하지만 이미 그 현실을 맞닥뜨린 아빠는
가슴이 미어지게 보고 싶으면서도
성묘하러 가겠다는 약속 하나 쉽게 하지 못한다.

그동안 포로리는 매년 아빠와 꽃구경을 갔었다. 그런데 올해는 편찮으신 부모님을 돌보느라 지쳐서 꽃구경을 가기로 했다는 사실을 잠시 까먹고 만다. 그러자 서운해하는 아빠 때문에 마음이 불편해진 포로리는 지금이라도 꽃구경을 가자고 나서고, 아빠는 마지못해 따라나선다. 함께 걸어가는 길에 부자가 나누는 대화가 마음을 파고든다.

포로리 아빠 노인네들하고 한 약속은 어기는 거 아냐.
포 로 리 어긴 게 아니라 잊어버린 거예요.

포로리 아빠 노인네들하고 한 약속은 잊어버리는 거 아냐.
젊은이들한테는 다음 달, 내년도 있겠지만
노인네들에게는 지금뿐이라고.

언젠가는 나도 아빠가 보고 싶어서
가슴이 미어질 때가 오겠지.
하지만 지금은 최대한 모르고 싶다.
아빠와 나에게도 지금은 지금뿐이라는 것을
자꾸 모른 척하고 싶다.

모두의 경험

〈보노보노〉 13권 101쪽에서

변하지 않는 것을 지키는 사람

일본 도호쿠東北 지역에서 가장 아름다운 벚꽃을 볼 수 있는 곳으로 유명한 곳은 아오모리 현에 있는 히로사키 공원弘前公園이다. 벚꽃 시즌이 되면 이곳이 특히 많은 사람들에게 인기를 모으는 이유는 우아하게 서 있는 히로사키 성을 둘러싼 벚꽃 숲이 장관을 이루기 때문이기도 하지만 대부분의 벚꽃나무가 밑동이 굵고 키가 큰 고목이라 벚꽃이 만개했을 때의 풍경이 유난히 웅장해서다. 그중에서도 가장 인기가 많은 나무는 심은 지 백삼십 년이 지난 초고령 고목이라고 한다.

겨울이 지나면 봄이 오는 자연의 섭리는 봄이 오면 꽃도 피게 만든다. 역시나 자연의 섭리로 태어난 우리는 봄이 되면 모르는 사람과도 어깨를 부딪혀가며 윤중로를 걷고, 군항제를 보겠다며 당일치기 여행을 떠난다. 말라버린 줄 알았던 나무에서 잎이 돋고 꽃이 피고, 계절의 흐름이란 얼마나 오묘한지. 그 풍경을 바라보며 대낮부터 맥주 캔만 딸 줄 알았지 이 벚꽃을 틔우고 살려내고 보전하는 데 애쓰는 사람이 있다는 사실은 생각도 하지 못한다.

히로사키 공원에도 나무 의사가 있다. 그는 매일 공원으로 출근해 나이 든 나무들을 치료하고 관리하는 일을 한다. 봄 한철 피다 질 벚꽃을 위해 나머지 세 계절을 야근도 마다 않는 그의 모습을 한 다큐멘터리 프로그램을 통해 볼 수 있었다. 크레인을 타고 나무 꼭대기까지 올라가 직접 손으로 가지치기를 하고, 폭설

이 내리는 날은 사다리를 타고 올라가 빗자루로 눈을 치우고, 어렵게 접붙인 가지에 조그만 싹이 돋아나면 마치 손주를 본 할아버지처럼 환희에 찬 표정을 짓는 아저씨였다.

정년을 앞둔 나이에 건강하지 않은 몸에도 불구하고 매일같이 고목들과 사투를 벌이는 이유는 해마다 벚꽃이 피면 한달음에 달려와 감동하는 관광객들 때문이다. 그리고 그때가 되면 그 역시 매일 잔업을 이어가던 날들 따위는 다 잊어버렸다는 듯이 벚꽃 앞에서 그들과 똑같은 표정을 짓는다. 이 장관만으로도 모든 게 보상된다고 말하는 듯한 얼굴. 화면을 가득 채운 그 얼굴을 보니 당장이라도 그곳으로 달려가 벚꽃 구경을 하고 싶었다.

"욕실은 원래부터 반짝반짝하고, 밥은 밥솥이 해주고, 빨래는 저절로 되는 줄 알지?"

오늘도 대한민국의 어느 가정에서는 이런 푸념이 들릴 것이다. 이렇게 불만을 토로하는 전국의 주부들과는 반대로 식구들은 그 대부분의 일이 엄마의 의무라고 생각한다. 텅 빈 반찬 통, 정리 안 된 냉장고, 청소가 시급한 욕실을 볼 때마다 "엄마!"를 외칠 줄만 알았지 그게 엄마가 매일같이 해내고 있는 일이라고는 생각 못 한다. 오히려 매일같이 꾸준하게 해온 일일수록 한 번 난 구멍이 더 크게 느껴지는 법인데. 그러고 보면 티 나지 않는 일일수록 우리를 키우고 살리는 일이라는 사실은 딱 일주일만 혼자 지내봐도 통감할 수 있다. 물론 이 진리는 세상의 모든 일에 적용된다.

잠 안 오는 새벽, 다큐멘터리 한 편을 보면서 생각이 꼬리를 문다. 내가 아무렇지도 않게 취하고 누리는 것을 만들기 위해 지금 이 시간에도 안 자고 움직이는 사람들이 있겠지. 티 안 나는 일일수록 그 안에 숨은 긍지와 노력은 크겠지.

보노보노 아빠, 봄이 왔네.

아　빠 응. 그러네.

보노보노 겨울 다음에는 꼭 봄이 오네.

아　빠 응. 세상에는 정해진 게 있어야 해.
무슨 일이 있어도 절대 변하지 않는 일이 있어야 하지.

보노보노 그렇다면 그건 누가 지키고 있는 걸까.

봄이 가면 여름이 오고, 여름이 지나가면 가을이 오고, 매서운 추위가 극성을 부리다가도 어느새 봄은 온다는 것. 그동안 당연하게 여겨온 모든 것들이 새삼스럽게 느껴지는 밤이다. 세상에 저절로 되는 줄 아는 일은 있을지 몰라도 저절로 되는 일은 없다는 걸 얼마나 잊은 채 살아왔는지가 느껴져 멋쩍어지는 밤이다.

절대 없어지지 않아

〈보노보노〉 13권 132쪽에서

재미없어지고 나서야
할 수 있는 일

만약 가장 많은 수입을 가져다준 일을 본업이라고 말한다면, 나의 본업은 방송 작가다. 방송 작가로 일할 때 제일 재미있는 일은 기획 회의다. 아무것도 정해진 것 없는 상태에서 프로그램 콘셉트가 만들어지고, 제목이 정해지고, 출연자가 꾸려져 촬영까지 할 수 있게 된다는 게 처음엔 그렇게 신기할 수가 없었다. 밤샘 회의를 하느라 잠이 모자라고 매일 무거운 몸을 축축 늘어뜨린 채 걸어 다니면서도 회의만 시작하면 힘이 솟았다. 이제껏 세상에 없었던 새로운 무언가를 만들고 있다는 희열이 온몸으로 느껴졌다.

프로그램 기획과 촬영이 끝나면 방송은 전파를 타고, 정규 편성이 된 프로그램은 짧으면 몇 개월, 길면 몇 년씩 방송된다. 그런데 딱 그때가 되면 나는 일에 대한 흥미를 잃는다. 정해진 프로그램 콘셉트에 맞춰 매주 조금씩 다른 내용을 짜고 출연자를 섭외해 촬영을 하기만 하면 되는 '자리 잡힌 시점'이 되면 어김없이 일하기가 싫어진다. 매일매일 똑같은 쳇바퀴를 도는 것 같아서다.

어느 날 친구들과 술래잡기를 하던 보노보노는 계속 술래를 해도 친구들을 잡지 못하자 금세 노는 게 지루해진다. 그런데 그때, 문득 너부리 아빠가 해준 말이 떠오른다.

어른은 재미없어.
재미없어지고 나서야 할 수 있는 일을 하는 게 어른이거든.

하지만 보노보노는 도무지 그 말이 이해 가지 않는다.

재미없어지고 나서야 할 수 있는 일이란 뭘까?
재미없으면 안 하면 되는 거 아닌가?
재미없는데 왜 하는 거지?

나 역시 이 생각을 어른이 돼서까지 계속했다. 그래서 일은 재미있어야 하는 것, 재미없으면 그만둬야 되는 것이라고 생각했다. 너부리 아빠가 말한, 재미없어지고 나서야 할 수 있는 일이 바로 직업이거늘 나는 어린 보노보노처럼 그 말이 뭔지 몰랐다.

금방 싫증 내는 성격 때문에 긴 방송 작가 경력에도 꾸준히 일한 프로그램은 손에 꼽을 정도다. 늘 잘리면 그만두고, 마음에 안 들면 도망치는 식으로 이 프로그램 저 프로그램을 옮겨 다니거나 일을 쉬었다. 그래서인지 어느새 빼도 박도 못하는 어른의 나이가 되었음에도 불구하고 손에 쥔 게 없다. 얼마 전 대청소를 하다가 책상 서랍에 든 월급 통장을 꺼내 보고는 그 헐렁한 숫자에 입을 떡 벌릴 수밖에 없었다. 그리고 불현듯 깨달았다. 월급은 지구력의 값이라는 것을.

인간의 노동력을 환산한 값이 월급이라고 하지만 과연 월급에 노동력만 들어 있을까. 마음에 안 드는 후배도 참고 넘기는 인내심, 상사의 썰렁한 유머에도 웃어주는 서비스 정신, 할 줄 아는

게 없어도 할 줄 아는 게 많아도 욕을 먹을 수 있다는 깨달음, 나만 회사를 싫어하는 게 아니라 회사도 나를 싫어하고 있었다는 반전…… 이 모든 것 한 달치 분량을 꾹꾹 눌러 담은 게 월급 아닌가. 특히 그 안에서 가장 많은 지분을 차지하는 것이 지구력이라는 사실은 쓰라리지만 인정할 수밖에 없는 진실이다.

빈약한 통장 잔고를 마주하니 청소고 뭐고 다 귀찮아져서 그대로 벌렁 누워버렸다. 그런데 대충 손을 더듬어 잡은 책에는 왜 하필 이런 문장이 써 있는 걸까.

"할 수 없는 일을 해낼 때가 아니라 할 수 있는 일을 매일 할 때, 우주는 우리를 돕는다. (김연수, 『지지 않는다는 말』 중에서. 마음의 숲 출간)"

마치 나에게 들려주는 듯한 문장 앞에서 절로 얼굴이 붉어졌다. '어떤 일을 매일 한다'는 말은 왜 이리 사람을 숙연하게 만드는가. 지루함이나 숨 막힘 따위 안 느끼는 사람이 어디 있다고. 그럼에도 불구하고 무언가를 계속해나간다는 것은 그 자체만으로도 대견한 일 아닌가. 그런 의미에서 슬금슬금 무거운 몸을 일으켜봤다. 일단은 시작한 청소라도 마저 끝내보려고.

올해로 내 방송 작가 경력은 18년이 된다. 길지 않은 그 시간 전체를 징검다리라고 친다면 내 징검다리에는 군데군데 이가 빠져 있는 셈이다. 이 빠진 그 자리가 바로 내가 못 가진 지구력의 값이겠지. 이렇게나마 만들어놓은 징검다리도 언제 그 틈이 넓어질지 모르는 일이니, 이제부터라도 꾸준함을 기르는 연습을 해야 하나. 그런데 그런 연습, 대체 어디서 할 수 있나요.

자기 마음과는 다른 대중들의 의견에 기가 죽어서, 하던 일을 계속해야 할지 말아야 할지 고민하던 후배에게 디제이 배철수 씨는 이런 말을 해주었다고 한다. "무조건 오래해. 꾸준히 계속하다 보면 나중에 그런 이야기는 다 없어져."

이십대의 나에게 그런 말을 해주는 사람이 있었다면 지금의 나는 조금은 달라져 있을까. 재미없어져야만 할 수 있는 일을 묵묵히 해나가는 어른의 모습으로 살고 있을까. 잘 모르겠다. 그저 아는 건 나는 지금 '나에겐 그런 사람이 없었다'는 핑곗거리를 찾고 싶은 거라는 사실뿐이다.

기다린다는 것

〈보노보노〉 9권 87쪽에서

엄마는 언제부터
엄마였을까

가지는 프라이팬에 볶기만 해도 숨이 죽고,
버섯은 끓는 물에 데친 다음 볶아야 나물이 된다는 것.
어린 딸이 등을 대고 반듯이 앉으면
늘 딴 머리를 만들어줘야 한다는 것.
대신 양쪽 눈꼬리가 조금 올라갔을 때는
"괜찮아, 괜찮아"라고 말해줘야 한다는 것.
이불 홑청을 빨아서 다시 이불에 씌울 때는
홑청 안감을 뒤집은 다음 바닥에 깔고,
그 위에 솜이불을 올리고, 모서리를 바느질로 묶어준 다음
홑청을 다시 뒤집어야 한다는 것.
그래야 이불과 홑청이 따로 놀지 않는다는 것.
김장 배추 한 통을 반으로 갈라 보기만 해도
올해 김장이 맛있을지 그렇지 않을지를
판단할 수 있어야 한다는 것.
일 년에 두 번, 구충약을 먹어야 하는 시기를 아는 것.
옷 안에 붙은 라벨을 보지 않고도
물빨래해도 되는 옷, 중성세제로 빨아야 하는 옷,
드라이클리닝을 해야 하는 옷을 구분하는 것.
아이들이 떼를 부릴 때는 잡던 손을 놓고
빠른 걸음으로 앞장서서 가면
아이들은 눈물을 뚝 그치고 조용히 엄마를 따라온다는 것.

내 나이가, 처음 시집온 엄마의 나이를 훌쩍 넘기고 나서부터
늘 궁금했다.
엄마는 언제부터 뭐든 다 아는 사람이 되었을까.
엄마는 언제부터 모든 걸 다 할 줄 아는 사람이 된 걸까.
엄마도 처음부터 엄마는 아니었을 텐데.

엄마는 그거 말고도 다 알고 있었을 거다.
내가 엄마에게 한 거짓말,
엄마를 못마땅하게 생각했던 시간,
일 년에 하루이틀 효녀인 척하면서
364일 내내 정반대로 살아왔다는 사실,
가끔은 엄마로부터 도망치고 싶던 적이 있었다는 것.
다 알면서도 모른 척해왔다는 걸 생각하면
어느새 슬금슬금 목이 멘다.

엄마는 아는 척하지 않고도 다 알고
모르는 척하면서도 다 아는 사람.
그런 이유로 나는 엄마가 될 준비가 아직 안 된 것 같다.
여전히 아무것도 모르는 사람 같아서.
늘 아는 척만 실컷 하는 사람 같아서.

하지만 문득 궁금해질 때가 있다.

홰내기 되고 싶다고 생각하는 건
좋아하는 것을 발견하는 거랑 비슷해.
된다는 건 좋아하는 것을
좋아한다고 말하는 거랑 비슷해.

엄마는 엄마가 되고 싶었을까.
아니면 엄마가 되어버린 걸까.
엄마는 엄마가 된 엄마가 마음에 들까.
아니면 엄마가 되지 않았을 엄마를 꿈꿀까.

아로리 누군가를 돕는 건 엄청 부자연스러운 일이야.
우리가 하는 일 중에 가장 부자연스러워.
그 부자연스러운 짓을
부모가 되면 평생 해야만 하는 거야.

엄마는 대체 언제부터 엄마였을까.

꿈 없이도
살 수 있으면 어른

사회학자 우에노 지즈코는 『느낌을 팝니다』(마음산책 출간)라는 책에서 어른의 꿈에 대해 썼다. 그는 '나이 든 사람에게 꿈이 꼭 필요한가?'에 대해 질문하면서, 화가이자 수필가로 활동하며 와인 양조장을 차려 자사 브랜드의 와인을 제조하는 것으로 화제가 된 다마무라 도요오의 글을 소개한다. 그는 꿈에 대해 세상의 상식과는 다른 주장을 펼친다.

"왜 하나의 꿈을 이루고 나서 바로 다음 꿈을 가져야 하죠? 그런 식으로 계속 앞으로 나아가야 하는 이유가 뭐죠? 끊임없이 다음 꿈과 다음 목표를 요구하는 것은 뭐든지 잘나가던 고도 성장기의 나쁜 버릇 아닙니까?"

이 글을 읽다보니 요즘 스스로를 무기력하고 계획성 없는 인간이라 여겨온 것이 불필요한 자책이었다는 생각이 들었다. 딱히 하고 싶은 게 없어도 하루하루를 살아갈 수 있으면 충분한 게 아닌가 하고.

어린 시절에는 꿈이 삶의 원동력이 된다. 하고 싶은 게 차고 넘치지만 실제로 할 수 있는 능력과 여건은 모자라기에 생각하고 상상하고 꿈꾸는 일로 하루하루를 보낸다. 그만큼 어렸을 때는 하고 싶은 것, 되고 싶은 것, 갖고 싶은 것들이 많다. '이다음에'와 함께 사는 아이들은 그만큼 미래에 대한 기대도 크다.

하지만 어른이 되고 난 다음에는 꿈이 꼭 삶에 원동력이 되어 주는 건 아니다. 경험과 성취의 유무를 떠나 세상살이에 대해 현

실적인 눈을 갖게 되기 때문이다. 살다보면 억울한 일도 만나고, 마음대로 되지 않는 일들도 많고, 좌절하거나 슬퍼하다가도 갑자기 일이 잘 풀리기도 하는 등 인생은 내 의지와는 다른 방향으로 흘러간다. 그러는 동안 원대한 꿈은 점점 사라지고, 일상이 그저 당분간 안녕하기를 바라게 된다. 어른이 되어서까지 뭐든 이룰 수 있고, 이루고 싶다고 생각하는 사람은 참을성 없는 사람일지도 모른다. 간절히 원하면 우주가 도와준다는 말은 그동안 원해온 것이 다 이루어진 공주나 할 수 있는 말. 어른이 되어서까지 너무 간절히 원하면, 우주도 피곤해한다.

어느 날 보노보노의 숲속 친구인 울버는 탈모가 심해지고 있다는 것을 깨닫는다. 탈모에 좋다는 건 다 시도해보지만 좀처럼 머리카락은 다시 나지 않는다. 보노보노와 친구들은 울버의 탈모가 나아지도록 도와주면서도 머리카락이 빠지는 게 왜 이상한 건지 이해 가지 않는다. 그저 머리가 다시 나는 게 왜 이렇게 어려운 건지 답답할 뿐이다. 하지만 속상한 울버는 그들에게 이렇게 중얼거린다.

머리가 벗겨지는 건 쉬워.
그걸 포기하는 게 어려운 거야.

노력해도 안 되는 일에 집착하고 마는 자신에게 스스로 뒤통수를 때리는 울버. 어른이 되어서도 이루지 못한 꿈을 놓지 못하는 어른들을 설명하는 말로 이보다 적절한 말이 또 있을까. 나이를 먹어서도 꿈꾸는 일에 게을리하지 않는 모습은 나름대로 아름답지만, 그렇다고 해서 모든 어른이 꿈을 갖고 살아가야 하는 건 아니다. 삶을 비참하게 느끼게 만들고 일상을 고단하게 하는 꿈이라면 평생 이고 지고 살 필요는 없다.

요즘 나에게는 꿈이 없다. 그 사실이 마음 편하다. 온갖 꿈으로 점철된 어린 시절과 대단한 꿈 하나 없이도 살아가는 지금을 비교해보면서 드는 생각이 있다. 꿈이 있어야 살 수 있다면 아이, 꿈 없이도 살 수 있으면 어른이라는 거다.

어른은 비록 꿈은 없을지 몰라도 세상 물정은 안다. 포기할 때와 그만둬야 할 때가 언제인지도 알고, 안 되는 건 안 되는 거라는 현실도 안다. 그러니 만약 자신이 어른이라는 생각이 든다면 꿈 없이도 살아가는 나를 장하게 여기며 살자. 어른이란 칭찬해주는 사람이 없어도 스스로를 다독이며 사는 사람이니까. 꿈 없이도 살아간다는 것, 그건 또 다른 재능이다.

어른이 안 되고 싶던 날

이른 오후 강변북로 위. 이 시간에 이럴 일이 없는데 앞차들이 서서히 느려지면서 길이 막히기 시작했다. 잠시 후 앞선 차들이 하나둘 깜빡이를 켜는 걸 보니 사고가 난 모양이다. 핸들에 턱을 댄 채 느릿느릿 전진하니 왼쪽 도로에 작은 차 한 대가 홱 뒤집어져 있고, 그 뒤에는 반 토막 난 검은 중형차가 비스듬히 서 있었다. 뒤집어진 차 안 운전석에는 아직 사람이 타고 있는 것 같았다. 중형차 운전자로 보이는 남자는 진땀 나는 몸짓으로 운전석 문을 열어보려 애썼지만 문은 열리지 않았다. 저 멀리 긴박하게 달려오는 견인차와 구급차 소리가 들렸다.

처참한 광경에도 불구하고 사람들은 일사불란하게 깜빡이를 켜고 길을 지나갔다. 나 역시 눈을 힐끔거리면서도 잠깐이나마 경적 소리를 듣지 않기 위해 묵묵히 앞으로 갔다. 그러면서도 입으로는 같은 말을 계속 내뱉게 됐다. 어떡해, 어떡하냐, 아이고 진짜…….

"밤에 자유로 같은 자동차 도로에서 사고 많이 나. 근데 사고 났을 때 그거 본다고 잠시 주춤하면 큰일 나. 그땐 너도 같이 가는 거야."

맨 처음 운전을 배울 때 자꾸 브레이크를 밟고, 주변을 흘끔거리는 나에게 누군가가 한 말이었다. 처참하게 뒤집어져 있던 자동차가 머릿속에서 떨쳐지지 않아 계속 심장이 두근거리는데도

자꾸 그 말이 생각났다. 평정심을 찾으려고 애써 기억해낸 말일지도 모른다.

그날 강변북로를 달리던 운전자들은 다 어른 같았다. 남 일에는 꿈쩍 안 하고, 커다란 사고에도 금세 평정심을 찾고, 묵묵히 자기 갈 길을 가는 어른들이었다. 혼잣말을 중얼거리면서도 다시금 앞으로 운전해나가는 나 역시 문득 어른이 돼 있는 것 같았다.

하지만 나는 그때 어른 같은 내가 싫었다.

내가 어른이 되면 누군가 "됐어"라고 말해줬으면 좋겠다.
아직 안 됐다면 "안 됐어"라고 말해줬으면 좋겠다.
그렇다면 나는 조금 안심이 될 것 같다.
그렇다면 나는 조금 알 수 있을 것 같다.

인생에서
이기는 건 뭐고
지는 건 뭘까

아이의 명예

아이는 전교 회장이 되고 싶어 했다. 그러기 위해서는 네 명의 전문가가 필요했다. 강남에서도 가장 땅값 비싼 아파트에 사는 초등학교 육학년 아이의 아빠는 맏아들을 사립 초등학교 전교 회장으로 만들어줄 사람들을 구하고 있었다. 유머와 유행을 적절히 섞어 연설문을 써줄 현역 방송 작가, 완성된 연설문의 표현법을 가르쳐줄 연기 선생님, 아이들의 눈높이에 맞춰 연설문을 각색해줄 글짓기 교사, 수시로 연습 상황을 체크하고 코치해줄 열혈 맘까지. 그중에 나는 '현역 방송 작가' 역할이었다.

목구멍이 포도청인 현실 앞에서 자존심과 직업윤리 따윈 자취를 감췄다. 주변 사람들에게 '꿀알바'가 들어왔다며 자랑하기 꺼려졌을 뿐이다. 그저 두 달 뒤 떠나기로 돼 있는 유럽 여행 여비 마련을 위한 일이라고 변명하며 집을 나섰다.

초인종을 누르자 복도가 끝없이 이어지는 공간이 눈에 들어왔다. 아이가 둘이라는데 집 안에 생활감이 전혀 없어서 잘 세팅된 모델하우스를 둘러보는 기분이었다. 커다란 식탁을 돌고 돌아 아이 방 앞에서 노크를 했다. 하얀 책상에 하얀 침대, 하얀 붙박이장이 있는 하얀 방이었다.

뽀얀 피부에 둥그스름한 몸을 한 남자아이는 또래에 비해 집중력이 탁월했다. 평소 어른들에 둘러싸여 지낸 탓인지 그 나이 때 나처럼 까불거나 맞먹으려 들지도 않았다. 지우개를 찾아보겠다며 불쑥 연 책상 서랍에는 당시 유행하던 스포츠 시계가 색깔

별로 늘어서 있었다. 내가 줄곧 사고 싶었던 시계였다. 신기한 듯 쳐다보는 눈빛을 읽었는지 아이는 방학 때 미국에 놀러갈 때마다 하나씩 사 모은 것들이라고 차분히 알려주었다.

아이는 부모님의 타고난 인맥과 재력으로 이미 차별화된 공약은 준비해뒀지만, 전교생을 장악하기 위해서는 매력 넘치는 연설문도 필요하다는 사실을 잘 알고 있었다. 마주 앉은 내내 진지한 열기를 내뿜던 아이 앞에서 나는 애써 침착함을 가장하는, 다급한 어른이었다. 요즘 코미디 프로그램에 등장하는 유행어들을 줄줄이 내뱉고, 말도 안 되는 표정을 지으면서 해괴망측한 동작을 선보이며 "이렇게 하면 애들이 웃을 거야! 일단 웃기는 걸로 주의를 끄는 거야!"를 외쳤다. 아이는 가끔은 황당해하고 가끔은 멋쩍어하면서도 대부분은 잘 알겠다는 표정으로 따라 했다.

한 시간 반 동안의 과외 아닌 과외를 마치고 물어보았다. "넌 왜 전교 회장이 되고 싶어?" 아이는 동그란 눈을 반짝이며 대답했다. "명예죠, 명예." 깜짝 놀랐다. 그 말은 당시 서른 가까이를 살아온 나조차 한 번도 발음해보지 않은 말이었다. 네가 생각하는 명예란 어떤 거냐고 물어보고 싶었지만 그러질 못했다. 한 시간 반 동안 남의 집에서 '꿀알바'를 하고 돌아가는 사람이 해서는 안 될 말 같았기 때문이다.

반달치 월급이 들어 있는 흰 봉투를 들고 나오면서 계속 그 단

어를 곱씹었다. 육학년짜리 아이가 생각하는 명예란 무엇일까. 대체 아이는 어떻게 해서 명예를 위해 노력하고 싶은 초등학생이 된 걸까. 그렇다면 나에게 있어 명예란 무엇인가. 한 시간 반 만에 백만 원을 버는 것? 그걸 위해 나보다 열일곱 살 어린 아이 앞에서 웃고 까불고 주접떠는 것? 모르겠다. 애초에 나는 명예 같은 건 모르고 살아온 사람이니까. 이런 일을 하겠다고 덥석 나선 걸 보면.

이 주 뒤 아이 아버지의 전화를 받았다. 안타깝게도 회장 선거에서 떨어졌다는 소식이었다. "작가님이 참 열심히 해주셨는데……." 씁쓸해하는 아버지의 목소리에 내가 더 민망했다. 전화를 끊으며 생각했다. 부디 이번 일로 아이의 명예가 땅에 떨어지는 일은 없었으면 좋겠다. 명예를 거머쥐는 게 이렇게 까다로운 일이라는 걸 학습하지도 않았으면 좋겠다. 살다보면 나처럼 백만 원을 벌기 위해 내키지 않은 일을 하게 될지도 모르지만, 그게 또 스스로의 명예를 실추시키는 일이라고는 생각하지 않았으면 좋겠다.

두 달 뒤 나는 유로화로 바꾼 백만 원을 들고 유럽 여행을 떠났다. 명예 같은 건 생각할 겨를도 없이 신기하고 외로운 여행을 했다. 그럼에도 몇 년이 지난 지금까지 가끔씩 그때 일이 떠오르는 걸 보면, 난 명예로운 일을 하지 않은 게 맞는 것 같다. 하지만 언젠가 비슷한 기회가 오면 또다시 그 일을 하게 될 것 같다는 것. 진짜 문제는 그거 같다.

호두 던지기 승부 후 포로리는

〈보노보노〉 17권 22쪽에서

내가 할 수 있는 것 찾기

지난해까지 나는 대학생이었다. 정확히는 학점 은행제를 통해 또 다른 전공 학위를 취득하기로 한 것이었다. 새로운 학위를 따면 대학원에도 가고 싶었다. 앞으로 긴 시간이 걸리는 일이긴 해도 그 과정을 통해 또 다른 진로에 대해서 모색해보고, 이제껏 해왔던 일과는 다른 분야에 대한 관심도 넓혀가고 싶었다.

일 년 반 동안 일주일에 이틀, 하루 아홉 시간씩 수업을 들었다. 아침에 가방을 메고 학교에 가서 수업을 듣다가 점심을 먹고, 또 수업을 듣다가 해가 지면 집으로 돌아왔다. 레포트도 썼고 중간고사랑 기말고사도 봤다. 교수들에게 아부도 했다. 가끔 모르는 게 있으면 질문도 했다. 마지막 학기가 되어서 동기들은 대학원 진학을 준비하거나 새로운 자격증을 취득하기 위해 공부를 더 하겠다고 결정했지만 나는 중2병에 걸려 있었다. 나는 왜 공부를 하겠다고 결심했는가. 내 학점은 왜 이 모양인가. 인생은 무엇인가. 사람은 무엇으로 사는가…… 매일 밤마다 삶에 대한 의문이 꼬리를 물었다.

공부라는 게 참 그렇다. 처음에는 새 인생을 개척해보겠다는 굳은 의지로 나섰지만 따지고 보면 나는 살면서 공부를 열심히 한 적이 없다. 학창 시절 등수는 늘 중하위권에 머물러 있었고 공부하는 방법도 제대로 몰랐다. 이번에도 마찬가지였다. 열 과목 수업을 들으면 그중 재미있는 과목은 달랑 한두 개고 그 과목조차 조금만 한눈을 팔아도 따라가기 벅찼다. 그냥 눈만 껌뻑대다보면 수업이 끝나 있었다. 다른 학생들은 수업 시간에 웃기도 하고 질문도 하고, 예습 복습도 철저히 해왔는데 나에게 있어 수업은 대부분 지루하거나 어려웠다.

교수님들은 모르는 게 있으면 질문을 하라고 했는데, 질문도 아는 게 있어야 하지. 처음부터 끝까지 모르는 과목은 질문을 하는 데도 열정 이상의 객기가 필요한 법이다. 게다가 수업을 듣기만 하는데도 왜 이렇게 몸이 힘든지. 수업이 끝나고 집에 돌아가면 저녁을 먹고 바로 잠들었다. 문제는 나만 그런 것 같다는 거였다.

시험 기간이 되면 주변 학생들은 책에서 금광이라도 캐듯 고개를 박고 공부했지만 나는 딴생각만 했다. 시험지는 내 뒤통수를 치기 위한 문제들로 가득했다. 답을 하나도 모르겠는데 시험지에 편지라도 써야 되나? 오히려 역효과 나려나? 고민하다보면 시험 기간이 끝나 있었다. 게다가 레포트는 왜 자꾸 내라고 하는 건지. 평소 밥 먹고 살려고 쓰는 원고보다 시간과 노력을 더 들이부어도 학점은 엉망이었다.

기억하기도 싫은 학점이 나온 두 개의 과목을 삭제하고, 간신히 학위를 취득하고 나서 묵직한 사실 하나를 깨달았다. 나는 공부랑 안 어울리는 사람이라는 것. 공부도 하던 사람이 하는 거라는 것. 시간과 돈만 있다면, 배우고 싶은 것만 배우면서 살고 싶다는 말도 아무나 하면 안 되는 거였다. 삼 학기 등록금을 들여

가며 얻은 깨달음치고는 너무 비쌌지만 그렇게나마 깨달아서 다행이었다. 이렇게 공부를 싫어하는데 대학원에 가면 미쳐버리고 말 것 같아서 원서도 쓰지 않았다. 아마 대학원 진학은 영영 안 하게 될지도 모른다. 모두를 고문시키는 일이 될 테니.

청순한 머리로 일 년 반의 시간을 보내고 나니 공부하고 싶다는 이야기는 입이 찢어져도 할 수가 없게 되었다. 하지만 그 시간이 없었다면 나는 하기만 하면 뭐든 할 수 있는 사람이라는 이상한 자만심에 빠져 있었을 것 같다. 쓸데없이 '공부하고 싶다'는 혼잣말을 해가면서. 그런 의미에서 지난 삼 학기는 뜻깊은 시간이었다고 할 수 있겠다. 가끔 만나며 술잔을 기울일 동기들을 만나게 된 것도 기쁘고.

하지만 만약 지금 이 시간에도 무언가를 공부하고 싶다고 생각하는 분들이 있다면 적극적으로 추천하고 싶다. 어찌되었든 결과는 둘 중 하나 아니겠는가. 공부가 좋아지거나 싫어지거나. 스스로가 자랑스러워지거나 지긋지긋해지거나. 자고로 해보고 싶은 건 해봐야 직성이 풀리는 법. 해보고 나서야 알게 되는 게 분명 있다.

무언가 할 수 있다. 무언가 할 수 없다.

다들 분명 자기가 할 수 있는 일을 계속 찾고 있겠지.

모두 자기가 할 수 있는 일을 계속 찾고 있다면

우리들은 뭐랄까.

굉장히 부지런한 거 아닐까?

그런 나도 나야

오랜만에 만난 친구랑 사진을 찍었는데,
찍는 족족 마음에 안 든다.
이건 얼굴이 너무 크게 나왔으니까 삭제.
이건 흔들렸으니까 패스.
이건 너만 잘 나왔으니까 다시.
번듯한 추억 한 장 남겨보겠다며 법석을 떠는 나에게
친구가 한마디 했다.
"그것도 다 너야."

갑자기 뒤통수가 찌릿, 했다.
그래. 그것도 다 나지.
얼굴이 커도, 흔들려도, 표정이 어색해도 다 난데
나는 늘 백 퍼센트 완벽한 내 모습만 나로 쳐주는구나.
완벽한 모습이 다 뭐라고.
그런 거 나조차도 본 적 없는데.

어쩌면 나에게 가장 야박한 사람은 나다.
셀카 한 장 찍는 데도
나는 나를 너무 못살게 군다.

그런 의미에서
구질구질한 내 모습, 별 볼 일 없는 내 모습,
실망스러운 내 모습도 똑똑히 기억해두어야겠다.
가끔씩 그 모습을 떠올리거나 꺼내 보면서
열 번 중에 딱 한 번 그럴듯한 내 모습이
내 진짜가 아니라는 것을 되새김질할 필요가 있다.
엉망진창인 나머지 나도 나라는 사실을 인정할 필요가 있다.
그런 식으로라도 나와 화해하며 살 필요가 있다.

스스로 '예쁘다'라고 느끼고 싶은 마음은 알지만
예쁘지 않더라도 '좋아해'라고 생각할 수 있는 사람.
누군가에게 "예쁘다", "좋아해"라고 말하는 것만큼
스스로에게도 그렇게 말해줄 수 있는 사람.
다른 누구도 아닌 내가 먼저
그런 사람이 되고 싶다.

누군가가 누군가에게 "싫어"라고 말한다.
누군가가 누군가에게 "싫어"라고 말한다.
"싫어"라고 말하면 조금 기분이 나아지는 걸까?
조금 만족스러운 걸까.
"좋아"라고 말하는 것처럼.
"좋아"라고 말하는 것처럼 말이야.

소중한 건 졌을 때의 얼굴

문득 궁금한 게 생기면 주변 사람들에게 밑도 끝도 없이 질문을 던지는 건 나의 버릇 중 하나다. 평소 호기심이 왕성한 편이 아닌 대신에 한번 의문에 휩싸이면 멍하니 앉아 골몰하거나 혼잣말을 하거나 친구들에게 질문을 퍼부으며 의문의 실마리를 푸는 데 꽂힌다. 요즘 툭하면 생각하게 되는 것은 '인생에 있어서 가장 중요한 건 뭘까?'다.

사는 데 있어서 가장 소중하게 생각하는 게 무엇인지는 사람에 따라 다르다. 내 질문에 친구 C는 잠시 망설이는가 싶더니 '평온한 마음'이라고 대답했다. A는 '자존감'이라고 대답했으며, S는 '건강'이라고 말했다. 물론 그 답변이 백 퍼센트 진심이 아니라 해도 사람마다 전혀 다른 대답을 내놓는다는 게 신기했다.

만약 누군가가 똑같은 질문을 한다면 나는 뭐라고 대답할까. 사는 데 있어 가장 소중한 것은 평온한 마음? 맞다. 마음이 지옥이면 일상도 지옥이 되니까. 건강? 그것도 맞다. 건강해야 삶 자체를 영위할 수 있으니까. 안정감? 그것도 필요할 것 같다. 늘 불안을 느끼는 사람에게 사는 데 있어 가장 소중한 것을 묻는 질문 같은 건 불안감만 더 조성할 뿐이니까. 그 모두가 사는 데 있어 중요한 요소겠지만 나에게 딱 들어맞는 대답은 아니었다. 내 인생에 있어서 소중한 것은 딱 들었을 때 좋거나 긍정적인 게 아니라 오히려 부정적으로 느껴지는 무언가라는 생각만 들었다.

〈보노보노〉는 죄다 동물들의 이야기임에도 불구하고, 사람도 하기 힘든 명언이 툭툭 등장한다. 그래서인지 주옥같은 대사들을 수첩에 적어가며 읽는 재미도 쏠쏠한데 그중에서도 유난히 확 꽂히는 대사가 있었다. 인생에 있어 가장 소중한 것은 바로 이게 아닐까 싶어서. 야옹이 형과 또 한 번의 결투를 마치고 피투성이가 된 큰곰 대장은 집으로 돌아가 아들에게 이렇게 말한다.

아가야. 아빠는 또 야옹이 형에게 졌단다.
하지만 아들아, 졌을 때의 아빠 얼굴도 잘 봐둬야 한다.
잘 봐라. 이게 졌을 때의 아빠다.

꽃길을 걸을 때는 인생에 대해 생각할 겨를이 없다. 행복을 충분히 만끽하는 것만으로도 하루가 모자라다. 아니, 만끽한다는 실감조차 할 겨를이 없다는 게 더 맞는 말이다. 하지만 불행하다고 느낄 때는 사정이 달라진다. 인생에 대해, 불행에 대해, 또는 도무지 잡히지 않는 행복에 대해 여러 번 곱씹고 떠올리게 된다. 무언가를 자주 생각하고 떠올릴 때는 그것과 한참 멀리 있을 때다. 내가 인생에 있어 가장 소중한 것이 무엇일지 자꾸 떠올리면 떠올릴수록 도무지 답을 구하지 못했던 것처럼.

삶에 대해 논하기에는 충분히 살지 못했지만 인생은 장밋빛이 아니라는 것쯤은 아는 나이가 됐다. 하지만 여전히 세상은 잘사는 법, 성공하는 법에 대해서만 이야기할 뿐 넘어진 사람은 어떻게 살아야 하는지에 대해서는 이야기해주지 않는다. 인생을 10이라고 봤을 때, 잘 사는 기간은 고작 2 또는 3이고 1도 채 안 될 때가 더 많다. 나머지 기간은 대부분 좌절하거나, 좌절을 딛고 겨우 일어서거나, 그 둘 다 제대로 하지 못해 웅크려 있거나, 멍하니 보내는 시간이다. 하지만 오직 하나만을 향해 달려가는 세상의 흐름에 발맞추지 못하는 사람은 자신의 '졌을 때의 얼굴' 앞에서 적절히 대처하지 못한다. 고개를 돌리거나, 도망치거나 부정하는 게 다다.

하지만 큰곰 대장은 그러지 않는다. 이기고 싶어서 시작한 싸움이지만 졌다는 결과 역시 받아들인다. 그리고 그 사실을 창피해하거나 숨기지 않는다. 왜냐하면 져도 살아야 하기 때문이다. 인생은 이긴 사람만을 위한 게 아니기 때문이다. 따지고 보면 이길 때보다 질 때가 많은, 결코 좋지만은 않은 것이 삶이라는 걸 큰곰 대장은 알려주었다. 인생에 있어 가장 소중한 것은 '졌을 때의 얼굴'을 지키는 일이라는 것을 알려주었다.

모든 친구들의 마음을 그러모아 편안한 마음을 안고, 건강한 몸으로, 자존감을 지키며 살 수 있다면 분명 바랄 게 없는 삶이 될 거다. 하지만 나는 마음의 평온함이 깨지더라도, 건강을 해치고, 자존감이 무너지더라도 살아갈 수 있는 마음이야말로 인생에 있어 가장 중요한 것이라고 믿는다. 그런 의미에서 지고도 '졌을 때의 얼굴'을 피하지 않는 큰곰 대장의 바보스러움에 조용히 감동했다.

소중한 것은 쓸 수 있는 게 아니야.
소중한 것은 움직이는 게 아니야.
소중한 것은 더는 움직이지 않게 된 거야.

보노보노에게 있어서 소중한 것은 만질 수도, 느낄 수도 없고, 움직이지도 않아서 도무지 뭐가 뭔지 모르겠는 것. 우리에게 있어 소중한 것 역시 그런 것 아닌가. 설명하기 어렵고, 납득하기 힘들고, 그래서 뭐가 뭔지 알 수가 없는 것. 그럼에도 불구하고 살아가는 데 있어 없으면 안 될 무언가. 그것 때문에 때때로 인생은 힘들어지지만 그것 때문에 우리는 지더라도 살아갈 수 있다. 이를테면 사랑이나 우정 같은 것. 정이나 진심 같은 것. 우리가 넘어졌을 때 우리를 다시 일으켜 세워주는 것들이 그런 것처럼.

아빠를 업은 아기 큰곰

〈보노보노〉 5권 94쪽에서

새 학기의 마음은 겨울

삼월. 조금만 기다리면 봄이지만 마음은 언제나 겨울이다. 그 때가 되면 어김없이 학창 시절이 떠오르기 때문이다. 몸보다 큰 교복을 입고 두셋씩 모여서, 때로는 혼자서 터덜터덜 걷고 있는 학생들을 볼 때마다 마음 구석구석 꽃샘추위가 파고든다. '새 학기'라는 말 안에는 설렘보다 부담감이 더 크다.

가만히 있어도 얼굴이 빨개지던 창피함과 나의 모자람에 깜짝 놀란 사이에 중학생이 됐다. 태어나서 처음으로 교복을 입고 낯선 동네까지 버스를 타고 등교하는 내내 덜덜 떨었다. 다녀오겠습니다, 하고 집 현관문을 닫자마자 집에 가고 싶었던 기억들.

가뜩이나 이름까지 특이해서 매 수업 시간마다 출석을 부를 때면 내 이름에서 꼭 막혔다. 여자 이름이 '김신회'라는 것을 이해하지 못했던 선생님들은 "김신희? 김신애? 김신화?" 하고 창의력을 발휘해가며 작명을 시도하는 바람에 수줍음 많은 사람을 더 수줍게 만들었다. 매시간마다 빨개진 얼굴로 "김신횐데요" 라고 정정하면 교실에는 싸늘한 침묵이 감돌았다. 나도 지영이나 민정이 같은 평범한 이름을 갖고 싶었다. 새 학기에 출석이 불릴 때마다 엄마 아빠가 원망스러웠다. 하지만 가장 두려웠던 것은 점심시간이었다.

아직도 새 학기 점심시간만 생각하면 그 시간을 버텨온 내 어깨를 꼭 안아주고 싶다. 중학생이 교실에서 혼자 밥을 먹는 것.

어쩌면 그건 '나는 패배자'라는 것을 만방에 알리는 행위였기에 새 학기만 되면 아이들은 누구라도 좋으니 함께 밥 먹을 상대를 찾는 데 필사적이었다. 하지만 아무렇지 않은 얼굴로 "나랑 같이 먹을래?"라고 제안할 만한 당당함, "나랑 같이 먹어줘!"라며 애교를 떠는 뻔뻔함도 없었던 나는 도시락을 끌어안고 같이 밥 먹을 누군가를 한참 찾았다. 하지만 그날도 나와 눈을 맞춰주는 아이는 단 한 명도 없었다. 어떡하지.

포기하는 마음으로 털썩 자리에 앉아 도시락 통 위에 손을 얹으니 서러움이 왈칵 밀려왔다. 오늘도 이 자리에 앉아 이걸 열면 또 혼자 밥을 먹어야 한다. 어쩌면 한 학기 내내, 아니 이 학교를 졸업할 때까지 혼자 밥을 먹어야 할지도 모른다. 숫기 없는 아이는 점점 비관주의자가 된다. 기계적으로 이어지는 온갖 안 좋은 상상들에 심장 안쪽까지 소름이 돋는 느낌이었다.

왠지 모를 두려움에 자리에서 일어나봤지만 이미 아이들은 삼삼오오 짝을 지어 그들만의 점심시간을 시작하고 있었다. 마음은 다급했지만 내내 없던 주변머리가 갑자기 생길 리는 없었다. 쭈뼛거리며 교실 안을 휙 둘러보니 저 구석에 지난해까지 같은 반이었지만 하나도 친하지 않은 키 큰 여자아이 둘이 밥을 먹고 있는 게 보였다. 비장한 마음으로 보온 도시락을 꼭 끌어안은 채 그쪽으로 천천히 걸어갔다. '같이 먹을래? 나도 끼워줄래? 나도 같이 먹자!' 어떤 한마디가 가장 바보 같지 않을까 생각하는 사이 어느새 그 아이들 앞에 도착했다. 인기척을 느낀 아이들은 밥 먹던 숟가락을 내려놓지도 못한 채 나를 쳐다보았다. 그런데 나는 그 앞에 서서 한참 망설이다가 그만 엉엉 울어버렸다.

도시락 통을 안고 엉거주춤하게 서서 통곡하는 '하나도 안 친한 애'를 바라보던 둘의 눈빛이 아직도 기억난다. 아이들은 입안에 든 밥과 반찬을 씹지도 못하고 약 몇 초간 정지해 있었다. 그러다 마치 딸꾹질을 하듯 어깨를 크게 한 번 들썩이더니 빈 의자를 끌어다 자리를 마련해주었다. 일단 자리에 앉긴 했지만 뭐라고 말할 수 없는 복잡한 마음. 미안하다고 해야 하나, 고맙다고 해야 하나, 아니면 창피하다고 말해야 하나. 결국 나는 아무 말도 하지 못하고 벌건 얼굴로 고개를 푹 숙이고 미친 듯이 밥만 퍼먹었다. 빨리 씹어 빨리 넘기던 밥은 혼자 먹는 밥만큼 맛이 없었다. 그리고 그다음 날부터 나는 그 아이들 곁으로 가지 않았다. 중학교 이학년이 부릴 수 있는 최대의 자존심이었다.

학창 시절, 학교는 내가 아는 세계의 전부였다. 그 세계에서 혼자가 되는 일, 어울릴 만한 친구가 없다는 사실은 종종 생명에 위협을 주는 일로까지 느껴졌다. 이제는 낯선 사람과도 스스럼없이 대화를 나누고 친구도 금방 사귀곤 하지만 나란 사람의 성정은 별로 달라지지 않았다. 나는 아직도 이따금씩 악몽을 꾸고는 축축한 베개 위에서 눈을 뜬다. 사랑하는 친구가 죽는 꿈, 나는 아

직 어린이인데 엄마가 갑자기 사라지는 꿈, 다 같이 롤러코스터를 탔는데 혼자만 기계에서 뚝 떨어지는 꿈. 아무리 잘난 척, 어른인 척 살고 있어도 혼자 되는 일이 두려웠던 어린 중학생이 아직도 내 안에 있다.

그래서 매년 봄이 되면 벚꽃을 기다리면서도 마음 한구석은 겨울인 채로 있다. 그때의 나같이 용기 없고 숫기 없어서 학교 가는 길이 두려운 아이들이 어딘가에 있을 것만 같다. 그 아이들에게 이렇게 말해주고 싶다. 평생 그럴 것 같아도 조금씩은 나아진다고. 언젠가는 네가 좋아하고 너를 좋아하는 인생의 친구를 만나게 된다고. 세상에는 나를 좋아해주는 사람이 적어도 한 명은 있다고. 겨울 다음에는 꼭 봄이 오는 것처럼.

봄은 저쪽에서 천천히 천천히 오는 거구나.
달팽이는 걷는 게 늦구나.
그럼 아주 오래전부터 계속
내가 있는 여기까지 걸어온 거구나.
역시, 천천히 오는 건 굉장해.

앗 프레리 독이다

〈보노보노〉 12권 131쪽에서

연애를 끊었어요

사마귀의 수다

〈보노보노〉 12권 17쪽에서

요즘 연애를 쉬고 있다. 쉰 지 좀 됐는데, 아무도 나 좋다는 사람이 없어서 더 길게 쉬어야 될 것 같다. 당분간 연애를 하지 않겠다는 말에 친구들은 코웃음을 쳤다. 안 하는 게 아니라 못하는 거 아니냐며. 가뭄에 콩 나듯 있을 기회마저 차단해버리면 평생 혼자일지도 모른다고 했다. 맞는 말이다. 하지만 믿든지 말든지 당분간 연애를 쉴 것이다.

몇 달 전쯤 내가 관계 맺는 방식에 문제가 있다는 것을 알게 됐다. 그 전까지만 해도 나는 연애운이 없고 특이한 남자만 만난다고 생각했다. 그래서 연애를 할 때마다 힘들었다. 좋아서 시작한 만남도 날이 갈수록 스트레스가 커졌고, 상대방을 원망하고 괴로워하다 결국 안 좋게 헤어졌다. 몇 개월 전, 또 한 번의 괴로운 이별을 경험하고 나서 이런 패턴이 계속된다는 것은 나에게 문제가 있는 게 아닐까 하는 생각이 처음으로 들었다.

친구들에게 물어봤다. 내가 연애를 하는 데 문제가 있는 사람인 걸 알고 있었냐고. 그랬더니 맙소사, 알고 있었다고 했다. 그래서 다시 물어봤다. "왜 안 말렸어?" 그랬더니 그러는 거다. "말렸어! 네가 안 들어서 그렇지!"

이상한 사람의 가장 큰 문제는 자기가 이상한 사람인 줄 모른다는 거다. 내가 이상한 사람이었다는 사실을 뒤늦게 깨달았을 때의 기분은 말로 표현하기 좀 어려운데, 마치 내 안에 호두같이 딱딱한 열매 몇 개가 들어 있다는 걸 알게 된 느낌이라고 할까. 그

열매 중 하나가 망치로 탁 하고 깨지는 기분. 쓰면서도 무슨 말을 하는지 모르겠지만 요점은 내 안의 호두 한 알이 깨지고 나서야 내 연애의 문제점을 깨닫게 되었다는 것이다.

나는 관계를 맺을 때 속도 조절을 잘 못한다. 상대방의 마음을 알아가려고 노력하기보다 이 뜨거운 감정을 어떻게 전할 수 있을지에만 전념한다. 내 마음을 상대에게 마구 쏟아부으면서 우리 앞에는 싱싱한 꽃길만 가득하기를 기원한다. 운이 좋으면 상대가 그 감정을 받아들이지만 대부분은 부담스러워서 뒷걸음질 친다. 그렇게 상대가 조금이라도 거리를 두려고 하면 금세 절망한다. '내가 사랑하는 만큼 그는 나를 사랑하지 않아', '애초부터 우리는 잘못된 만남이었을지 몰라'라는 생각에 휩싸여 상상의 나래를 펼치기 시작한다. 마음과 몸을 동시에 황폐화시키는 싸구려 내면 연기로 한참을 헤매다가 상대가 다시 다가오면 기어이 만들어둔 거리감에 대한 인식을 새까맣게 잊고 또다시 전력 질주를 시작한다.

대부분 이런 식으로 연애해왔기 때문에 상대방의 행동 하나하나에 일상 전체가 영향을 받는다. 그래서인지 연애를 시작하면 대부분 불행하고 불안했다. 그러다 관계를 맺는 일 자체에 지쳐버렸다. 뭐가 뭔지 모를 힘든 연애를 이어나가다가 스스로 녹다운이 되어 상대와 우리, 때로는 나 자신에게서 도망치고 싶은 마음에 사로잡혀 결국은 관계를 끝내버렸다. 그렇게 이별한 후 잠시 반성을 하는가 싶다가도 어느새 또 다른 사람을 찾아서 마음은 달리기를 시작한다. 그리고 어느새 앞서 나열한 패턴을 반복하는 것이다. 나는 이 모든 게 정상이라고 생각했다. 사랑은 원래 그런 거라고, 관계 자체가 문제라고 믿었다. 하지만 문제는 관계가 아닌 자존감이었다. 나는 떨어진 자존감을 관계로 회복하려 애쓰는 사람이었다.

이런 걸 관계 중독이라고 한다는 것을 알게 되었다. 관계 중독인 사람은 나는 나 자신으로서 완성되는 사람이 아니라 누군가를 만나거나, 누군가의 사랑을 받을 때에야 비로소 완성된다고 믿는다. 그 이유로 늘 몰두할 누군가가 필요하고, 관계를 내 입맛에 맞게 컨트롤할 수 있다고 착각한다. 그럼으로써 더 열심히 관계에 몰두하고 노력하는 일을 반복한다. 하지만 그럴수록 관계로부터 점점 고립된다.

사람과 사람이 만나고 마음을 나누는 일은 열심히 한다고 해서 되는 일이 아니다. 최선을 다하면 다할수록 그 연애는 최악이 된다. 내가 사랑하는 상대방에게도 나만큼의 자유의지가 있다는 사실을 받아들이는 일은 이 사람이 떠날지도 모른다는 두려움마저 껴안는 일이다. 그것을 겁내며 사랑하다보면 나도, 상대방도 자유로울 수 없게 되고 관계는 점점 황폐해진다.

나는 어려운 이론 같은 건 잘 모른다. 다만 관계 중독을 끊기 위해서는 잠시 관계로부터 벗어나 있어야 한다는 것만큼은 알

것 같았다. 술을 끊고 싶다면 술을 멀리해야 하고, 금연을 하고 싶다면 담배를 없애야 하는 것처럼 관계 역시 마찬가지라는 생각이 들었다. 그래서 당분간 연애를 끊기로 한 거였다. 그리고 그 다짐을 몇 개월에 걸쳐 실행해오고 있다.

언젠가 내가 자신을 믿을 수 있을 때, 나는 관계를 통해서 완성된다는 생각을 더는 하지 않게 될 때, 다시 시작해도 늦지 않을 거라 믿는다. 사랑은 교통사고처럼 갑자기 다가오는 거라지만 당분간은 뚜벅이가 되어 차 안 다니는 길을 천천히 걸어가보고 싶다.

나는 사랑할 때 늘 힘들었다는 이유로 상대방보다 내가 더 사랑한다고 믿었다. 하지만 사랑할 때 더 힘들어한다고 해서 그 사람이 더 많이 사랑하는 사람은 아니다. 그는 그저 힘들게 사랑하는 사람일 뿐이다. 그 뼈아픈 깨달음을 통해 나의 관계 맺는 방식을 되돌아볼 수 있었다. '나는 왜 이렇게 힘든 사랑만 하는가'라는 말에서 방점은 '힘든 사랑'에 있는 것이 아니라 '나는'에 있었다. 내 연애의 안식년이 언제까지 지속될지 모르겠지만 당분간은 그저 가만히 쉬어볼까 한다.

어른은 가끔 의지를 불태우는 것 같다.
그럴 때는 말려도 소용없는 것 같다.
어른은 그만두는 시기를 스스로 정하는 것 같으니까.

심심한 너부리

〈보노보노〉 13권 87쪽에서

꿈을 이루지 못한 나를 미워하지 마

하루는 쾌내기가 놀러 와서 꿈에 대해 이야기한다. 자기는 가수가 되고 싶다고 말하면서 다른 친구들은 뭐가 되고 싶은지를 묻는다. 그 말에 늘 시니컬한 너부리는 또 한번 시비를 건다.

쾌내기 자, 너희는 뭐가 되고 싶니?

너부리 되고 싶다니 뭐가? 딱히 되고 싶은 것 따윈 없어.

쾌내기 뭐? 되고 싶은 게 없어?

너부리 난 나야. 지금 이대로의 내가 좋다고.
너는 지금 네 자신에게 불만이 있는 거야. 맞지?
그러니까 뭐가 되고 싶다느니 하는 말을 하는 거라고.
안 그래?

너부리의 촌철살인을 듣고도 쾌내기는 눈 하나 깜빡하지 않고 가수가 되겠다며 고집을 부린다. 하고 싶은 일이 있는 사람은 용감해진다. 주위의 어떤 말에도 흔들리지 않는다. 만약 주변의 말에 흔들려 철회할 만큼의 열망이라면 애당초 그건 열망이 아니었을 테니까.

그런 의미에서 하고 싶은 일이 있는 사람은 절세의 외모를 타고난 사람이나 거액의 유산을 상속받은 사람보다 더 큰 재산을 갖고 있는 사람이다. 하지만 그 뜨거운 열정이 재능이라는 금수저에 의해 좌절된 경험은 누구나 한두 번쯤 있겠지. 아무것도 이루지 못하는 자신을 원망하면서 지금 이 시간에도 밤잠을 설치는 사람도 있을지 모른다.

한 무명 소설가가 있다. 결코 적지 않은 나이임에도 불구하고 아버지께 손을 벌려가며 소설을 쓰고 있지만 그가 쓴 작품은 번번이 출판사에서 퇴짜를 맞는다. 결혼 자금을 마련하기 위해 출판사에서 허드렛일을 하며 출간의 기회를 노려보지만 그곳에서 일하는 대부분의 사람들이 그런 꿈을 꾸다 좌절한다는 사실에 또다시 절망한다. 그는 에라 모르겠다는 심정으로 결혼을 하고는 파리로 신혼여행을 떠나, 한 빈티지 숍에서 아내에게 낡은 가죽가방 하나를 선물 받는다. 어느 날 무심코 가방을 꺼내 보던 그는 가방 안쪽에서 원고 한 뭉치를 발견한다. 세월의 흔적이 켜켜이 묻은 원고들을 읽어 내려가던 그는 그 어떤 소설보다 흥미진진한 남의 글에 마음이 흔들린다. 단숨에 무명작가인 자신의 삶을 역전시킬 수 있을 만큼 훌륭한 글. 게다가 작가도 누구인지 모르는 옛날이야기…… 과연 그는 갑자기 닥친 엄청난 유혹 앞에서 어떤 선택을 할까.

이상은 영화 〈더 스토리〉의 간략 줄거리다. 영화는 열정만큼의 재능은 갖고 있지 않은 사람이 얼마나 길게 방황하는지, 그래서 얼마나 위험한 선택을 하는지를 보여준다. 영화를 보는 내내 열정은 있지만 기회는 없는, 어쩌면 평생 인정받지 못할 재능을 가진 주인공의 이야기에 유난히 몰입하게 됐다. 가능하기만 하다면

학력 세탁, 실력 세탁, 나라는 인간 세탁까지 하고 싶다고 생각하는 사람이 과연 저 사람뿐일까.

운도 실력, 돈도 실력이라는 말이 버젓이 활용될 만큼 사람들은 실력이라는 말에 일말의 콤플렉스를 갖고 산다. 집에 돈이 많으면 없던 재능도 생기고 양질의 인맥에 둘러싸여 지내면 저절로 기회도 찾아온다며 빛나는 재능과 그 재능을 받쳐줄 누군가와 무언가를 늘 부러워한다. 이도 저도 없는 사람은 그저 밤낮없이 노력하지만 기껏 쌓은 실력이 실력도 뭣도 아니었다는 사실을 깨닫고 나면 기껏 부풀려놓은 꿈도 꺼져버린다. 그러다 결국 하기 싫은 일만 평생 하며 살거나 하고 싶은 일을 하며 사는 사람들을 얄미워하며 자괴감에 빠져 지낸다. 하지만 그러는 사이에 간과하는 건 하고 싶은 욕망이 꼭 재능으로 연결되지 않는다는 것. 재능은 꿈의 시작일 뿐 완성형이 아니라는 거다.

"'나에게는 재능이 있는데 바보 같은 주위 사람들은 인정하지 않는다'라고 늘 푸념만 하는 사람이 있다. (탤런트의 어원에 의하면) 재능은 묻힐 리가 없다. 그 재능을 꽃피우는 힘도 재능에 포함되기 때문이다. (요네하라 마리, 『교양 노트』 중에서. 마음산책 출간)"

나에게도 '좌절의 역사'가 있다. 십대 때는 학교 선생님이 되고 싶었지만 공부를 지지리도 싫어했고 못했으며 이십대 초반엔 가수가 되고 싶었지만 노래 실력과 개성은 부족한 대신 부끄러움만 차고 넘쳐 오디션만 보면 번번이 떨어졌다. 스물세 살, TV 귀신인 나를 위한 일이라고 생각하고 뛰어든 방송 작가라는 직업은 혼자 있길 좋아하고 소심한 나 같은 사람에게는 어울리지 않았다.

내가 원해온 것들이 다 내 것이 아니었다는 비참함과 초조함과 함께 십여 년이 휙 지나갔다. 이게 다 기회가 없어서, 타이밍이 좋지 않아서, 사람들이 날 몰라줘서 그런 거라고 씩씩댔지만 시간이 지날수록 그게 아니었다는 걸 알게 됐다. 나는 하고 싶다고 꿈꿔온 일에 재능이 없는 사람이었다. 학생들에게 존경받는 선생님이라는 꿈만 있었을 뿐 교사가 되기 위한 노력은 게을리했으며, 노래로 유명해지고 싶다는 생각만 있었을 뿐 자존심 지키는 일이 더 소중했다. 방송 일을 힘겨워하고 스트레스를 받아가면서도 방송 작가라는 달콤한 타이틀을 놓치고 싶지 않다는 알량함도 있었다. 너부리의 말처럼 '지금의 자신'을 줄곧 미워하면서.

보노보노 되고 싶은 게 있다는 건 안 좋은 거야?
너 부 리 당연하지. 되고 싶은 게 있다는 건
지금의 자신이 싫다는 거잖아.

이제는 조금 알겠다. 열정을 구체화하는 데 가장 효과적인 방법은 뭘 하고 싶은지를 아는 것만큼이나 뭘 잘하는지를 아는 것,

그런 다음엔 그 둘을 잘 섞어 현명하게 선택하고 행동하는 일이라는 것을. 그리고 지금의 내가 마음에 들지 않는다는 이유로 꿈을 꾸는 일은 결국 허무하게 끝나버린다는 것도 알게 되었다.

꿈을 이루기 위해서는 하고 싶다는 마음과 함께 능력과 끈기와 체력, 주위 사람들의 반응에 굴하지 않는 정신력도 갖고 있어야 한다. 그리고 자신에 대한 믿음도 필수다. 그 모든 게 없었던 나는 꿈을 현실로 이루지 못했다. 그럼에도 불구하고 그럭저럭 살고 있는 것은 그나마 잘하는 게 하나 있었기 때문이다. 바로 깨끗하게 포기하는 일. 나는 지구력도 재능도 부족하니 결단력이라도 발휘하자는 생각에 교사, 가수, 방송 작가라는 꿈을 접었다. 남들은 포기라고 말하겠지만 나는 용기라고 우겨가면서.

능력이 없으면 꿈도 못 꾸느냐는 원망이 여기저기서 들려오는 것 같다. 당연히 꿈은 꿀수록 좋다. 눈에 보이는 능력을 아직 발견하지 못한 사람은 '하고 싶다는 마음'이 곧 능력이 될 테니까. 하지만 그 능력이라는 씨앗엔 아직 이름이 없으며 영양가도 없다. 어떤 모양과 크기로 커갈지는 아무도 모른다. 무대포 같은 열정과 노력으로 이름을 달기 위해서만 달려간다면 먼 훗날 그저 '노력만 하는 사람'이 되어 있을지도 모른다. 가장 최악의 경우는 자신을 미워하면서 노력만 하는 사람이 되는 거겠지.

열정이 백 퍼센트인 사람, 능력 또는 끈기가 백 퍼센트인 사람보다 더 가능성 있는 사람은 열정과 능력과 끈기가 삼십 대 삼십 대 삼십인 사람이다. 그도 아니면 언제라도 깨끗하게 포기하고, 새로 시작할 수 있는 결단력 백 퍼센트를 가진 사람이거나. 가장 멋진 사람은 꿈을 이룬 사람이 아니라, 꿈을 이루지 못하더라도 자신을 미워하지 않는 사람이다. 꿈 같은 거 이루지 못한다고 해서 가치 없는 사람이 되어버리는 건 아니니까.

'노래를 하고 있어'는

'가수가 되는 것'과 어떻게 다를까.

'노래를 하고 있어'는 노래를 하는 거고

'가수가 되는 것'도 노래를 하는 건데.

둘 다 노래하는 건 마찬가진데.

노력해도 안 되는 일이 있어

미용실에 안 간 지 육 개월이 넘었다. 염색도 파마도 커트도 한 번 안 하고 머리카락을 방치해둔 시간이 그만큼이다. 하지만 변신의 즐거움을 맛보기 위해서 드는 돈이 만만치 않아서 조금만 더 버텨볼 생각이다. 거울을 볼 때마다 문제는 머리가 아니라 얼굴이라고 중얼거리면서. 같이 미용실 좀 가자는 친구에게는 이렇게 대답하면서. "내 처지에 무슨."

언젠가부터 맥줏집에 가서도 수제 맥주 대신 맥스 500cc를 시킨다. 오늘의 목적은 맛있는 맥주를 마시는 게 아니라 취하는 거라는 마음가짐으로. 이왕 마시는 거 맛있는 걸로 시키라는 친구의 잔소리에는 이렇게 말한다. "내 처지에 무슨."

'내 처지에 무슨'은 요즘 내가 자주 하는 말이다. 친구가 지긋지긋해하며 '처지론'이라고 이름 붙인 그 말은 '내가 요즘 그럴 때가 아니다'라는 말로도 대체할 수 있다. 듣는 사람 입장에서는 한없이 마음 불편하거나 없어 보이는 표현이지만 정작 말하는 사람은 아무렇지도 않다. 내 처지는 내가 제일 잘 알고 있기 때문이다. 요즘 내 처지는 미용실에 이삼십만 원을 쓸 처지가 못된다. 한 잔에 구천 원하는 수제 맥주를 마실 처지가 아니다. 홀쭉한 주머니 사정을 한탄하는 게 아니라 그걸 현실로 받아들이는 것이다. 비관적인 사고방식이라기보다 긍정적인 체념이라고 할까. 만약 언젠가 사정이 좋아지면 지갑 가득 현금을 넣고 미용실에 가서 염색도 하고 파마도 하고 트리트먼트도 할 수 있겠지. 오는 길에 수제 맥주를 열 잔도 마실 수 있겠지. 다만 지금은 때가 아니라는 얘기다.

'노력하면 이루어진다'라는 말만큼 비현실적인 말이 있을까. 이 말은 무언가가 이루어지지 않을 때는 내 노력이 부족했기 때문이라는 괴상한 믿음을 심어준다. 어렸을 때부터 많이 칭찬받고, 가능성을 무한히 응원해주는 부모 밑에서 자라면 자신감 넘치는 사람이 될 것 같지만 그렇지 않다. 사회는 부모처럼 칭찬과 응원만 해주지 않기 때문이다. 처음에 아이는 좌절 앞에서 '나는 잘할 수 있어!' 하고 스스로 희망을 갖다가도 좌절이 자꾸 반복되면 '나 잘 못하나?' 하고 의심하고, 결국은 '나 별거 아니었네! 근데 왜 칭찬만 했어!'라며 원망하게 된다. 내가 그랬다.

어렸을 때 엄마는 "신회야, 너는 뭐든지 할 수 있어. 노력하면 다 잘할 수 있어"라고 늘 칭찬해주셨는데 정작 나는 칭찬받을 일은 하나도 없는 아이였다. 남들에게는 "애가 머리는 좋은데 노력을 안 해요"라고 하셨는데 나는 노력했다. 다만 머리가 안 좋았을 뿐이다. 남들 다 푸는 산수 문제도 못 풀고, 체육도 못하고, 엎친 데 덮친 격으로 수줍음도 많아서 사람 사귀는 일에도 젬병이었다. 엄마를 원망하는 건 아니다. 엄마의 기대를 충족시켜주지 못해서 종종 미안할 뿐이다.

엄마는 노력하면 다 잘할 수 있다고 했는데 세상에는 노력해도 안 되는 게 너무 많았다. 집에서는 칭찬을 받지만 밖에 나가서는 눈에 안 띄는 아이에게 끊임없는 칭찬은 마음을 누르는 짐이 된다. 그리고 세상은 점점 두려운 곳이 된다. 그래서인지 지금까지도 유난히 부끄러움을 많이 타고 겁이 많다. 삼십대 초반까지만 해도 상황이 잘 안 풀리면 금세 도망을 치거나, 이 잘난 나를 세상이 몰라준다고 적개심으로 똘똘 뭉쳐 있었다. 그래서 내 아이에게는 "노력해도 안 되는 게 있어"라고 꼭 말해주고 싶지만 나는 아이가 없네. 대신 조카에게는 "잘하는 것 딱 하나만 있어도 충분해"라고 몰래 이야기해주곤 한다. 애 엄마가 싫어할지는 몰라도.

안 보이는 걸 굳이 끌어모아 칭찬을 퍼붓는 어른들을 보면 그렇게 무리하지 말라고 말하고 싶다. 아이에게도 현실적인 눈이 필요하다. 공부를 못하고 관심도 없는 아이에게 노력하면 공부를 잘할 수 있다고 북돋을 게 아니라 "넌 공부는 부족하지만 춤은 잘 추지", "그림을 참 개성 있게 그리는구나"라고 다른 강점을 칭찬해주어야 한다. 그래야 아이도 자신과 세상에 대해 왜곡된 시선을 가지지 않게 된다. 나중에 다 내가 노력하지 않아서 못하는 것이라며 좌절하지 않게 되고 세상을 원망하지 않게 된다.

드라마 〈미생〉에서 장그래가 그랬다. 취업을 위해 서류를 내는 족족 떨어지고, 면접을 보는 족족 미끄러지는 자신의 처지를 비관하면서 "내가 이 모양인 건 노력을 안 해서 그런 거다"라고 되뇐다. 하지만 그건 죽도록 노력해도 안 되는 게 있다는 걸 아직 경험하지 못한 사람이 할 수 있는 말이다. 어른이 되고 나서도 그런 생각을 갖고 있다면 그거야말로 철 안 든 사람이다. 그런 의미에서 부모들은 이기적이다. 웬만큼 노력해서 안 되는 건 노력을 더 해도 안 된다는 것을 왜 미리부터 가르쳐주지 않나. 정작 본인들은 그 사실을 매일 뼈저리게 깨닫고 있으면서.

어느 날 포로리는 당분간 부모님 집에서 지내기로 한다. 누나가 결혼한 뒤로, 병든 어머니와 나이 든 아버지를 돌봐줄 이가 없어서 자신이 함께 머물며 간병을 하기로 한 거다. 하지만 매일같이 세 식구 몫의 도토리를 줍느라 허리가 휘고, 집안일하면서 부모까지 돌보느라 지쳐간다. 늘 만나기만 하면 웃음이 끊이질 않던 보노보노를 오랜만에 만나고도 반가운 기색 하나 없이 뾰족하게만 군다.

그런 포로리에게도 열망이 있었다. 이 한 몸 부서지도록 부모님을 간호해서 하루빨리 낫게 해주고 싶은 바람이다. 그래서 피곤한 몸을 이끌고 아버지와 함께 꽃구경을 간다. 일 년에 딱 한 번 피는 이 꽃을 올해도, 내년에도 아버지에게 보여주고 싶다고 다짐하지만 아버지는 한 번이면 족하다며 찬물을 끼얹는다. 그 말에 포로리는 그동안의 서러움과 억울함이 폭발한다.

“여러 번 볼 수 있으면 좋은 거 아니에요? 저도 그것 때문에 돌

보고 있는 거잖아요. 그런데 한 번이면 됐다니, 나더러 어쩌라는 거예요? 낫게 해주고 싶어서 간병하는 건데! 그런데도 하나도 나아지질 않아서 괴로운데!"

아들의 푸념을 들은 아빠는 이렇게 말한다.

포로리. 낫지 않아도 괜찮아.
낫게 해주지 않아도 괜찮단다.

아빠의 이 말을 듣고 나서야 포로리는 깨닫는다. 부모님을 낫게 해주고 싶다는 것은 자기만의 열망이었을 뿐, 정작 두 분은 자식이 부담감을 안은 채 희생하는 일을 기뻐하지만은 않는다는 것을. 하루가 다르게 달라지는 자신들의 건강을 현실로 받아들이고 어느새 체념하고 있다는 것을. 예상치 못한 아빠의 말에 포로리는 당황하면서도 마음이 놓인다. 가슴속 부담감을 줄이는 대신, 매일 반복되는 일상에 집중하며 부모님을 돌보는 일에 자신감과 보람을 느끼기 시작한다.

만약 아버지가 더 건강해지고 싶다고, 분명히 그렇게 되고 말 거라고 말했다면 포로리는 어떻게 됐을까. 그럼에도 불구하고 조금도 나아지지 않는 상황이 다 자기 탓이라며 더욱 자신을 몰아치지 않았을까.

마음이 울렁거렸다. 비록 듣기 좋지는 않았지만, 솔직하게 말해준 포로리 아빠에게 감동받았다. 본인이야말로 더 건강하게 더 오래 살고 싶을 텐데, 그게 불가능하다는 것을 깨달은 아빠. 그래서 마지막 한 번이 되더라도 꽃구경을 했으니 좋다고 웃으며 이야기하는 모습에서 진짜 어른이 보였다. 덕분에 포로리도 현실을 바로 보게 되었다. 불가능한 일을 위해 힘을 빼는 대신, 가능한 것에만 집중하는 일상을 살게 되었다.

결국은 다 잘 살자고 하는 노력인데, 노력을 하면 할수록 불행해지는 경우도 있다. 주위를 둘러보면 하나같이 다 노력하는데 정작 행복한 사람은 없는 걸 봐도 알 수 있다. 그런 의미에서 나의 '처지론'은 적어도 건강하지 않나. 지금의 처지를 깨닫고 그에 걸맞게 생활하겠다, 앞으로 달라질 처지를 기대해보긴 하겠으나 막연히 희망에만 빠져 살지는 않겠다는 의지의 표현이니까. 적어도 나는 낙관적인 비현실주의자보다 비관적인 현실주의자가 더 행복에 가깝다고 믿는다. 그게 더 건강한 삶이라 믿는다.

성격이 팔자다

1. 모든 걸 다 알아야 하는 성격

과잉 정보의 시대는 사람을 정보의 노예로 만든다. 굳이 안 알아도 될 정보들 때문에 신경 쓰이고 스트레스도 받지만 그렇다고 나 혼자만 모르고 있기에는 불안하다. 요즘엔 뭐가 유행하는지, 새롭게 등장한 것들은 뭐가 있는지 알아둘 필요가 있다. 왜냐하면 난 다 알아야 하기 때문이다. 그래서 늘 휴대폰을 손에 쥐고 인터넷 검색을 생활화한다. 그게 세상의 흐름에 맞는 일이라고 생각한다. 사람들이 아는 건 나도 알아야 하고, 사람들이 모르는 것도 나는 알아야 한다. 모르는 게 있으면 불안해진다. 정보가 너무 없어서 문제인 사람은 봤어도 정보가 너무 많아서 큰일 난 사람은 못 봤다. 당장은 쓸모없는 정보라도 알아두면 언젠가는 도움이 될 것이다. 아는 것이 힘이다. 모르는 것은 흉이다.

2. 고생은 내가 해야 편한 성격

다른 사람들의 도움을 받는 게 익숙지 않다. 도움을 받으면 신세를 지는 것 같다. 하나를 받으면 하나를 돌려줘야 마음이 편하다. 친구가 커피를 사주면 나는 밥을 사야 한다. 얻어먹으면 기분이 좋은 게 아니라 불편하기 때문이다. 더치페이도 별로다. 너무 인간미 없지 않나. 차라리 내가 돈을 내는 게 낫다.

고생을 하더라도 내가 하는 게 속이 편하다. 친구가 무거운 짐 하나를 들면 나는 두 개를 들어야 한다. 집에 이불이 하나 있다면 놀러 온 친구에게 이불을 주고 나는 수건을 덮고 잔다. 밥솥에 밥이 한 공기 남아 있으면 옆에 사람한테 밥을 주고 나는 라면을 끓여 먹는다. 불편하지만 그게 낫다. 남보다 내가 불편한 게 차라리 속 편하다. 왜냐하면 나는 다른 사람이 내 앞에서 불편해하는 게 싫다. 불편해하는 모습을 보는 게 더 불편하다.

3. 사서 걱정하는 성격

만약에 일을 못 하게 하면 어떡하지? 어느 날 문득 가난해지면 어떡하지? 부모님이 편찮아지시면 어떡하지? 차 사고가 나면 어떡하지? 지갑을 도둑맞으면 어떡하지? 애인이 바람을 피면 어떡하지? 친구들하고 멀어지면 어떡하지? 일하다 실수하면 어떡하지? 사람들이 날 미워하면 어떡하지? 결혼을 못 하면 어떡하지? 결혼을 해서 이혼하면 어떡하지? 애를 낳았는데 애가 말썽을 부리면 어떡하지?

아무리 생각해봐도 어떻게 해야 할지 모르겠어서 자꾸 걱정이 된다. 그럴 땐 이렇게 하라고 가르쳐주는 사람도 없어서 더 걱정이 된다. 사람들은 뭐 그리 걱정을 사서 하냐고 말하지만 실은 내가 왜 이러는 건지가 제일 걱정이다. 걱정을 해도 나아지는 건 없지만 걱정을 안 한다고 해서 나아지는 것도 없다. 그래서 나는 오늘도 걱정이라도 한다.

4. 뭐든 참고 보는 성격

기분 나쁜 이야기를 들으면 "왜 그런 식으로 말하는 거야?"라고 따지지 못하고 '내가 참지' 하고 참는다. 끄응. 경우 없이 행동하는 사람에게도 "그건 좀 아닌 것 같아"라고 말하지 못하고 '내가 참아야지' 하고 참는다. 끄응. 부당한 대우를 받았을 때도, 예의 없는 사람 앞에서도 우선은 참는다. 끄응. 하지만 참아도 그 감정은 없어지지 않고 내 안에 차곡차곡 쌓여 분노가 되고 한이 된다. 그렇게 쌓인 감정은 엉뚱한 데서 터져 나온다. 가까운 사람에게 화풀이를 하거나, 별일도 아닌 일에 광분을 하거나, 뜬금없이 벌주듯 삐치거나 입을 다물어버린다. 그러면서도 항상 억울하다. 나만 참는 것 같아서. 다른 사람들은 다 지들 생각만 하고 사는 것 같아서.

하지만 대놓고 이야기할 수는 없다. 불편한 이야기를 하면 더 불편해질까봐, 괜히 욕먹을까봐, 사람들이 이상한 사람이라고 수군댈까봐. 문제를 일으켜 시끄러워지느니 차라리 참는 게 낫다. 그래서 나는 또 한 번 참는다. 끄응.

가슴에 손을 얹고 생각해보자. 위의 네 가지 성격 중 우리 성격과 닮지 않은 성격이 있는가. 매일 그렇게 살지는 않더라도 가끔은 2번처럼, 가끔은 4번처럼, 못난 걸 알면서도 그러고 말 때가 있지 않은가. 나는 네 가지 성격을 수시로 반복하면서 산다. 꼭 다중이 같다. 그러기 싫은데도 어쩔 수 없이 그렇게 살고 있어서 수시로 속이 터진다.

우리는 우리 팔자를 스스로 복잡하게 만들면서 산다. 이게 다 성격 때문이다. 하지만 이런 성격에 대해 그 누구도 탓할 수 없는 이유는 나는 엄마를 닮았고 엄마는 외할머니를 닮았고, 외할머니는 외증조할머니를 닮았고 외증조할머니는 또 그 위 어르신 성격을 쏙 빼다 박았을 것이기 때문이다. 아무리 뿌리를 거꾸로 거슬러 올라가봐도 모두 억울한 사람들뿐일 것이다. 만약 우리의 첫 조상을 만나 물어본다 해도 분명 이렇게 말씀하실 것이다.

"자네도 성격 때문에 고민이 많나?"

우리 모두는 성격대로 산다. 성격이 곧 팔자다. 그러니 내 팔자가 왜 이럴까 생각이 들 때는 먼저 내 성격에 대해 생각해보자. 그러면 곧 할 말이 궁해진다. 왜냐하면 성격이 팔자이기 때문이다.

무리하게 끌고 가도 어쩔 수 없어

〈보노보노〉 10권 40쪽에서

솔직해지는 순간
세상은 조금 변한다

소심해지고 싶지 않아서 소심해진다

나는 소심한 편이다. 여기서 '소심한 편'이라고 쓴 이유는 그렇게 쓰면 조금이나마 덜 소심한 것처럼 보일 것 같아서다. 이런 생각까지 하면서 글을 쓰는 내가 얼마나 소심한 사람인지 소심한 사람이라면 금방 알아차릴 것이다. 이 글은 우리 같은 사람들을 위한 글이다.

나는 문자를 보냈을 때 답장이 금방 안 오면 내가 이상한 문자를 보내서 그런가 하고 보낸 문자를 다시 읽어본다. 그래도 답장이 안 오면 답장이 혹시 증발한 건가, 내 휴대폰이 이상한 건가 싶어 원인을 찾기 위해 궁리한다. 그러다가 한참 뒤에 답장이 오면 상대방이 아무리 적절한 답장을 보냈다 해도 마음속으로는 조금 이렇게 생각한다. '답장도 그렇게 천천히 하고, 나 원 참! 쿨해서 좋겠네!'

누군가의 SNS에 답글을 남겼는데 반응이 없을 때는 좀 그렇다. 답글이 달리더라도 내가 단 답글만큼의 정성이나 애정이 느껴지지 않으면 또 좀 그렇다. 그래서 일부러 내 SNS에 달린 답글에 답글을 안 달아볼 때도 있다. 그랬을 때 마음이 좀 그렇지 않다면 내 답글에 답을 안 단 사람도 딱히 이유가 있어서 그러는 건 아니겠지, 하며 이해해보기도 한다. 하지만 가끔만 이해할 뿐 대부분 이해하기 어렵다.

아직도 회의를 할 때마다 심장이 덜덜 떨린다. 많은 사람들 앞에서 수업이나 강의를 할 때는 도망치고 싶다. 얼굴도 금방 빨개지고 사소한 일에도 금방 창피해하고, 다 끝나고 나서도 내가 얼마나 바보 같았는지 생각하며 또 한 번 얼굴을 붉힌다. 이러는 자신이 너무 싫어서 이십대에서 삼십대 초반까지는 매일 나와의 전쟁을 하며 살았다. 조금이나마 대범해지고 싶어서 무리하고 오버했다. 아무리 그래도 내 안의 소심함은 줄어들지 않았다.

보노보노 역시 소심한 걸로는 숲에서 제일간다. 만화의 대부분이 보노보노가 하는 걱정에 대한 이야기로 채워져 있을 정도다. 수많은 소심 스토리 중에서 사소하지만 유난히 공감이 갔던 대목은 아빠와 낯선 곳에 가게 된 보노보노였다.

> 모르는 곳에서 모르는 이들에게 둘러싸여서
> 아는 건 아빠밖에 없는데
> 아빠는 내가 모르는 이야기만 한다.
> 나는 계속 아빠 손만 잡고 있었다.
> 나는 아빠 손을 잡고만 있었다.

아이고, 나 어렸을 때 얘기인 줄 알았다. 이렇게 소심하고 겁 많은 보노보노이기에 가끔 등짝을 때려주고 싶을 정도로 사소한 것들로 고민한다. 틈만 나면 심각해지는 자신에 대해 곤란해하면서 곤란함에 대한 새로운 고민을 시작하는 식이다. 너부리는 늘 되는대로 사는 자신과 정반대인 보노보노의 성격이 이해 가지 않는다.

너부리 곤란해지는 걸 왜 그렇게 곤란해하는 거야?
사는 게 어렵다고 생각하는 거야?
누군가한테 사는 건 어렵다는 말을 듣고
어렵다고 생각하는 거 아니야?
먹고 놀다 자고, 먹고 놀다 자다가
때가 되면 죽는 수밖에 없어.
그게 뭐가 어렵다는 거야, 응?
보노보노 그럼 난 왜 곤란해하는 걸까?
너부리 그건 말야. 음……
'곤란해지고 싶지 않아! 곤란해지고 싶지 않아!'라고
생각하니까 곤란해지는 거야!
보노보노 아! 그럼 '곤란해지고 싶지 않아!
곤란해지고 싶지 않아!'라고 생각하지 않으면
곤란해지지 않겠네?
너부리 그렇지!

소심함도 마찬가지다. 소심한 자신이 너무 싫은 나머지 '나는 소심하다'는 방패를 치다보면 점점 더 소심해진다. 소심함은 물을 주면 자라는 화분 같아서 멍석을 깔아주면 더 무럭무럭 자라나는 특징이 있다. 그러다 결국 자신의 소심한 성격을 원망하면서도 이러지도 저러지도 못한 채 계속 소심해지기만 하는 악순환을 경험한다. 그럴 때 내가 쓰는 방법이 하나 있는데 마치 나는 소심한 사람이 아닌 양 행동해보는 것이다. 가끔 오버해서 즐거운 척을 하거나, 술에 취했다는 핑계로 직언을 하거나, 좀처럼 하기 힘든 농담을 던지고는 혼자 까르르 웃기도 한다. 그런 와중에도 계속 사람들의 눈치를 보면서 '아, 이 정도면 자연스러웠어!' 하고 안심한다.

아무리 그래도 그건 연기일 뿐이다. 성격은 가끔 속임수만 쓸 수 있을 뿐 고치는 건 힘들다. 그래도 내 성격을 인정하고 나니 마음이 좀 편해졌다. 그리고 이제는 나의 소심함이 싫지 않다. 덕분에 내 글을 읽고 "찌질한 게 딱 내 얘기 같더라"라는 얘기도 종종 들었고 "너는 남 이야기를 잘 들어주는구나"라는 공감도 사면서 살고 있다. 소심한 사람은 소심한 사람에게 공감할 수 있고 소심한 사람은 소심한 사람의 마음을 안다. 그 능력은 매우 소중한 능력이다.

그러니 나처럼 소심한 사람들, 더는 걱정 마시기를. 세상에는 우리 같은 사람이 훨씬 더 많으니까요. 소심한 사람들끼리 서로 어울렁더울렁 살아가면 되는 거 아니겠습니까. 네? 아니라고요? 그래요? 정말요? 제가 혹시 이상한 소릴 했나요? 그런 건가요?

작은 공간에 틀어박혀서 이런저런 생각을 하다보면
그 공간 안에는 나보다 큰 것들은 그다지 없잖아.
'가장 큰 나'의 고민이니까 엄청난 일이라 느껴지는 거 아닐까.
그런데 밖으로 나가보면, 나보다 큰 것들이 눈에 들어오고
게다가 그것들은 고민 같은 건 하지도 않는단 말이지.
대자연의 거대함에 비하면
나는 얼마나 작은 존재인지.
고민 같은 건 있지도 않은 거야.

곤란할까 곤란하지 않을까

〈보노보노〉 1권 127쪽에서

친구는 기다려주는 사람

너부리가 이상해

〈보노보노〉 16권 124쪽에서

늘 "심심해", "지루해"라고 말하면서도 숲을 떠나지 않던 너부리는 갑자기 여행을 떠나기로 결심한다. 어디로 가고, 언제 돌아오겠다는 기약도 없이 정든 마을을 떠나 방랑하다가 몬짱이라는 너구리를 만나 사랑에 빠진다. 세상이란 암울하고, 삶이란 행복과는 거리가 먼 것이라 믿고 살던 너부리가 과연 어떤 사랑을 했을까.

긴 여행을 마치고 돌아온 너부리는 친구들에게 진짜 예쁜 아이를 만났다며 몬짱에 대해 이야기한다. 하지만 친구들은 실제로 만나본 적 없는 몬짱이 어떤 아이인지 감이 오지 않아서 "걔 안 예쁜 거 아니야?"라며 딴지를 건다. 하지만 너부리는 평소 성격과 다르게 흥분하지도, 화를 내지도 않고 진지한 목소리로 말한다.

몬짱은 평범한 아이야.
어디에서나 볼 수 있는 흔한 아이야.
세월이 흘러 나이를 먹으면 다들 잊어버릴 만한 아이야.
아무도 떠올리지 않을 아이야.
하지만 몬짱은 그런 거 신경도 안 쓸 거야.
내가 좋아한 아이는 그런 아이야.

누군가를 좋아하게 되더라도 몬짱은 티 내지 않을 거야.

몬짱에게는 누군가를 좋아하는 것보다 중요한 게 있거든.
그건 아마 몬짱의 아버지겠지.

나는 몬짱의 아버지가 부러웠어.
몬짱 아버지가 돼서 몬짱하고 영원히 같이 살고 싶었어.
하지만 나에겐 누군가를 좋아하는 것보다 중요한 게 있었어.
집으로 돌아가야만 했거든.
대신 나는 돌아가서도 계속계속 몬짱을 생각하기로 했어.

아. 이렇게 진지한 너부리라니. 폭력을 쓰지도 않고 욕하지도 않고 고함을 치지도 않은 채 담담히 사랑을 말할 수 있는 순정남이었다니. 이 대목을 읽는 내내 몬짱과 너부리의 순수했던 사랑을 강 건너에서 가만히 지켜보는 동네 아줌마의 심정이 되었다. 아버지에 대한 효심이 지극한 몬짱은 늘 투박하고 솔직하지 못하던 너부리의 마음을 묵묵히 이해해주는 아이였다. 그런 착한 몬짱이 마을을 떠나 자기와 여행을 할 수는 없었기에 너부리는 몬짱의 아버지가 되고 싶다고 열망하면서도 그녀를 떠난다. 그러면서 매일매일 몬짱을 그리워할 거라고 다짐한다.

몬짱이 사는 곳을 떠나 집으로 돌아오는 날, 너부리는 몬짱을 좋아했다고 고백한다. 그 말에 몬짱 역시 고맙다며, 자기도 너부리를 좋아했다고 말한다. 그럼에도 불구하고 둘은 헤어진다.

묵묵히 이야기를 듣던 동물 친구들은 그때서야 몬짱이 너부리에게만큼은 세상에서 제일 예쁜 아이라는 것을 이해한다. 긴 여행을 하는 동안 진짜 사랑을 하게 된 너부리는 예전보다 더 온화한 얼굴을 하고 있었다. 하지만 바로 다음 날부터는 언제 그랬냐는 듯 다시 "심심해", "지루해"를 중얼거리며 친구들을 괴롭히고 장난을 치며 다닌다. 그 모습에 보노보노는 예전의 너부리가 돌아온 것 같아 안심한다. 너부리가 가슴 아픈 실연을 겪고도 언제 그랬냐는 듯 살아갈 수 있는 이유는 그 시간을 기다려주는 친구들이 있기 때문이다.

사랑에 빠지면 시야가 좁아진다. 누군가를 잃고 싶지 않다는 불안, 사랑이 영원하기를 바라는 마음, 관계를 온전히 내 것으로 만들고 말겠다는 조급함은 사랑 하나 말고는 아무것도 안 보이는 사람으로 만들어버린다. 그렇게 위태롭게 사랑하다보면 나도 모르는 사이에 주변 사람들에게 상처를 준다. 그러지 말라는 조언은 한 귀로 흘려버리고, 따끔하게 충고하는 사람 앞에서는 비운의 피해자가 되어 내 마음을 알아주는 사람은 오직 한 사람뿐이라며 그 사람 하나에 더욱 집중한다.

사랑은 두 사람이 하는 것 같지만 그렇지 않다. 사랑은 사랑에 빠진 두 사람을 사랑하는 사람들과 같이 하는 것이다. 그들은 이 기적이기만 한 둘의 마음을 이해한다. 나도 그런 적이 있었다고, 다 그런 법이라며 철없는 두 사람을 말없이 감싸준다.

그 덕분에 우리는 사랑이 끝나도 돌아갈 곳이 있다. 단 하나밖에 없다고 믿었던 곳이 사라지고 나서도 혼자가 아닐 수 있다. 그리고 또다시 사랑을 할 힘을 얻는다. 하지만 학습 능력이 없는 우리는 어김없이 이기적이 된다. 하지만 그걸 또 기다려주는 사람들이 있어서 또다시 사랑할 수 있다.

오늘은 모두가 말리던 연애를 끝내고 수척해진 얼굴을 한 친구가 내 앞에서 한숨을 쉰다. 그 외로운 얼굴 안에는 끝까지 가봐야만 알 수 있는 것, 세차게 깎이고 나서야 깨달을 수 있는 것들이 가득 들어 있었다. 상처 가득한 친구의 얼굴을 흘끔거리며 생각했다. 이 얼굴이 그리워지는 날이 오겠지. 이러다 어느 날 불쑥 또다시 사랑에 빠질 때가 오겠지. 그러면 나는 또 한 번 말없이 기다려야겠지.

어쩌면 내가 먼저 그럴지도 모른다. 그럴 때는 이 친구가 나를 기다려줄 것이다. 그러라고 친구가 있는 거다. 친구는 '기다려주는 사람'의 또 다른 말이니까.

너부리의 사랑 그 후 보노보노는

〈보노보노〉 16권 134쪽에서

나 상처받았어

며칠 전 라디오를 듣는데, 친한 친구에게 서운한 일이 있어서 속상하다는 청취자의 사연이 나왔다. 사연에 대한 이야기를 마무리하며 디제이가 이야기했다.

"서운한 일이 있을 때 그 기분을 직접적으로 표현하는 건 별로 좋은 선택이 아닌 것 같아요. 그럴 땐 차라리 '나 그때 상처받았어'라고 말해보세요. 그럼 상대방도 진심을 알아줄 거예요. 그렇게 부드럽게 말하면 상대방도 솔직하게 사과할 거예요." 그 말을 듣고 속으로 생각했다. '누군지 모르는 청취자 양반, 저 말 듣지 마세요! 저 말 듣지 마세요!'

"나 상처받았어."

아는 사람 중에 그 말을 유난히 자주 쓰는 사람이 있다. (남들이 볼 때는) 사소한 일에서부터 심각한 (하지만 남들이 볼 때는 역시 사소한) 이슈에 이르기까지 그는 이 말로 자신의 성난 마음을 에둘러 표현한다. 아무리 돌려 말해도 그 기저에는 '그때 나 기분 나빴거든?'이 있기 마련이라 그 말을 들을 때마다 속으로 생각한다. '차라리 그냥 열받았다고 말해!' 그리고 웬만해서는 그 말을 심각하게 받아들이지 않는다. "아 그랬어? 안타깝네" 정도로 반응하고 대화 주제를 돌린다.

요즘은 "나 화났어"라는 말보다 "나 상처받았어"라는 말이 더 자주 쓰이는 것 같다. 감정이 상했음을 직접적으로 알리기보다 부드럽게 돌려 말하는 게 예의 바르게 혹은 지혜롭게 느껴져서 그런 걸까? 하지만 나는 "나 화났어"가 훨씬 듣기 좋다. 그 말이 더 솔직하고 당당하게 들린다. 그 말을 들은 사람은 다양한 선택지를 고를 수 있다. 왜 그러냐며 이유를 묻거나, 앞으로 이어질 이야기에 귀 기울이거나, 그러지 말라고 조언 또는 충고를 할 수도 있다. 그 기분을 이미 짐작했다면 서둘러 사과할 수도 있다.

하지만 "상처받았어"라는 말은 다르다. 상대방에게 공을 던짐으로써 자신은 물론 상대 역시 수동적으로 만든다. '너 때문에 상처받았다'는 말을 들은 사람들은 대부분 쩔쩔맨다. 내가 상처를 주다니, 누군가의 마음을 슬프게 하다니. "그건 오해야!"라며 변명하거나 서둘러 상황을 수습하거나 영문도 모른 채, 그렇게 느꼈다면 미안하다며 '가정형 사과'를 하는 데 혈안이 된다.

그러나 그런 반응은 상처받았다는 말을 예사로 하는 사람의 행동을 습관이 되게 만든다. 상처받았다고 자주 말하는 사람은 상대방의 그러한 반응을 기대하고 있기 때문이다. 그들은 기대한 반응을 보여주지 않을 것 같은 사람에게는 결코 그 말을 하지 않는다. 말해봤자 자신이 원하는 반응을 얻을 수 없다는 걸 알고 있기 때문이다.

책임감이 부족하고 겁이 많은 사람일수록 상대방에게 공을 던지는 말을 자주 쓴다. "난 아무거나 다 괜찮아." "그럼 연락줘." "네가 정해줘." 그렇게 말하고 선택을 상대방의 몫으로 돌린다. 나 역시 생각에 확신이 없을 때, 어떤 결정을 해야 할지 망설여질 때, 손해 보고 싶지 않을 때 저렇게 말한다. 그렇게 하면 책임을 면할 수 있기 때문이다. 결과가 안 좋을 때는 상대방을 원망할 수도 있다. 욕심 따위 없어 보이는 말이지만 그럴 때일수록 마음속은 욕심으로 가득하다. 이것도 저것도 다 놓치고 싶지 않을 때일수록 그런 말을 고른다.

그래서 나는 나 때문에 상처받았다는 말을 들을 때마다 도리어 상처받은 기분이 든다. 상황을 자기중심적으로만 해석하는 이기심이 느껴져서다. 누군가가 나로 인해 상처받았다고 말하는 순간, 나는 어느새 상처를 준 사람이 되어버린다. 하지만 그 말을 듣고 "나도 상처받았어"라고 맞받아치기보다 일단은 그렇게 말하지 말라고 성질을 내고 본다. 마주 앉아서 상처 배틀 할 일 있는 것도 아니고 이것 참.

나의 경우 상처를 받았을 때는 상처받았다는 말이 나오지 않는다. 겨우 "슬프다" 아니면 "마음이 아프다"라고 말하게 된다. 더 큰 상처를 받았을 때는 그런 말조차 발음하기 힘들다. 그냥 꺽꺽 우는 게 다다. 누군가를 대할 때 역시 마찬가지다. 너무 속상해서 아무 말도 못 하고 울기만 하는 사람을 볼 때마다 저절로 이런 생각이 든다. '아이고. 진짜 상처 많이 받았나보다…….' 상처는 말로 표현한다고 해서 느낄 수 있는 게 아니다.

아빠를 찾기 위해 먼 바다까지 헤엄쳐 간 보노보노는 태어나서 처음으로 고래 무리를 만난다. 처음에는 그 위압적인 카리스마에 눌려 공포에 떨지만, 자기 무리와 터전을 지키기 위해 목숨 걸고 싸우는 그들의 일상을 마주하고 뭐라 말할 수 없는 엄숙함을 느낀다. 그리고 보노보노는 무리 중 행동 대장 격인 고래 아저씨의 몸을 보고 또 한 번 놀란다. 고래 아저씨의 몸이 상처로 가득했기 때문이다. 약한 소리 한마디 하지 않던 고래 아저씨의 용맹함 뒤에는 그보다 더 깊은 상처가 있었던 거다.

고래 아저씨는 상처투성이였다.
고래 아저씨는 상처투성이였다.
상처를 보면 상처를 본 사람이 놀라서
정작 상처 난 사람은 상처 난 것 따위 잊어버린 것처럼 보인다.
하지만 잊지 않았을 거다.
잊지 않았을 거다.

보노보노는 상처에 대해 말하지 않는 고래 아저씨의 상처를 보았고, 마음으로 위로했다. 이 대목은 내가 가진 보노보노에 대한 이미지를 바꿔놓은 에피소드이기도 하다. 늘 우유부단하고 걱정만 하는 캐릭터라는 생각에 답답한 적이 많았는데 이렇게 어른스러웠다니.

상처를 말하는 사람보다는 말하지 않는 사람이 더 진짜 같다. 상처받았다고 돌려서 이야기하는 사람보다 그때는 속상했다고, 기분 나빴다고 아이처럼 털어놓는 사람이 더 진짜 같다. 자기의 진심을 포장하고, 상처를 핑계로 상대방에게 죄책감을 안겨주는 마음은 영리하지만 비겁하지 않은가.

상처는 주고받는 것이지 일방적으로 받기만 하거나 주기만 하는 게 아니다. 마음 상하고 나서 "나 상처받았어"라고 말하거나 행동하는 사람을 마주하는 사람 역시 상처받을 수 있다. 그래서 관계인 거다. 관계는 두 사람이 만드는 건데 왜 상처받았다고 믿는 사람은 늘 한 사람일까. 상처를 주고도 상처받을 수 있다. 상처를 받고도 상처받지 않을 수 있다.

나 역시 고래 아저씨처럼 상처에 대해 자랑하지 않는 사람이 되고 싶다. 상처받았다면 적어도 솔직히 표현할 수 있는 사람이 되고 싶다. 특히 소중한 사람들에게만큼은 비겁해지고 싶지 않다. 비겁하게 말하고 싶지 않다.

아기가 보고 싶다면

〈보노보노〉 23권 119쪽에서

소고기 안 먹는 집안

배우 박정민의 산문집 『쓸 만한 인간』(상상출판 출간)에는 "특별한 날 가족끼리 소고기를 구워 먹는 게 행복"이라는 이야기가 나온다. 하지만 그 대목을 읽으면서 '아 맞아, 그런 게 행복이지'라고 공감하지 못했다. 나는 가족들과 소고기를 구워 먹은 적이 한 번도 없기 때문이다.

성인이 되기 전까지 세상에 고기는 돼지고기만 있는 줄 알았다. 육류보다 해산물을 좋아하시는 부모님 덕에 고기가 자주 밥상에 오르지 않아서 맛도 잘 몰랐다. 가끔 친척 집에 놀러 가면 이것저것 가득 차려진 밥상 앞에서도 김치하고만 밥을 먹었다. 친척 어른들은 "어린애가 김치 맛을 아네"라며 신기해했지만, 집에 늘 있는 반찬은 김치밖에 없었기 때문에 그거 하나로도 밥을 먹을 수 있게 되었을 뿐이다.

취직하고 나서 회식으로 간 고깃집에서 처음으로 소고기를 먹어봤다. 그때서야 왜 특별한 날 가족들이 모여 이걸 구워 먹는지 알 것 같았다. 다른 사람들은 대화를 나누고, 술잔을 기울이며 회식을 즐기는 사이에 나 혼자 걸신들린 듯 고기를 빨아들였던 기억이 난다. 소고기가 이런 맛이었구나. 되게 맛있네.

피자는 중학교 때 처음 먹어봤다. 당시 다니던 중학교는 새로 생긴 고층 아파트 단지에 입주한 아이들과 기존의 오래된 아파트 아이들이 반반 섞여 있던 학교였다. 수업에서 내준 단체 과제가 있어 같은 반 아이의 집에 모이기로 했다. 처음 들어가본 새 고층 아파트의 거실은 운동장처럼 아무리 걸어도 끝이 없었다. 게다가 무슨 고급 호텔처럼 화려하게 장식되어 있었는데 그 광경이 어찌나 강렬했는지 지금까지도 눈에 사진이 박힌 것처럼 생생히 떠올릴 수 있다. 그 집에서는 어떻게 앉아 있어도 어색해서 숙제가 끝나기만을 기다리는 마음 반, 이 좋은 곳에 더 머물고 싶은 마음이 반이었다.

잠시 후 친구 어머니가 피자를 주문해주셨다. 배달되어 온 피자 위에는 햄과 파인애플이 올라가 있었다. 이름이 하와이언 피자라고 했다. 태어나서 처음으로 먹어본 피자의 맛은 끝내주는 맛이었다. 이런 집에 사는 애들은 이런 걸 매일 먹고 산단 말인가. 어린 마음에 묵직한 충격을 받았다.

비록 우리 부모님은 피자를 시켜준 적도 없고, 우리 집은 소고기를 구워 먹는 집도 아니었지만 어렸을 때부터 고생하시는 부모님을 보고 자란 아이는 가난을 원망하지 않는다. '내가 어른이 되면 이렇게는 살지 않을 거야'라는 생각을 종종 하긴 했지만 돈을 많이 벌어 부자가 되겠다는 생각은 미처 못했다. 머릿속에 헝그리 정신이 박힐 만큼 궁핍하지는 않았고, 근면하게 살아야겠다고 다짐할 만큼 성실하지도 못했다.

그 대신 내 힘으로 돈을 벌기 시작하고부터는 백만 원을 벌면 백만 원을 다 썼다. 먹고 싶은 걸 먹고, 사고 싶은 걸 사는 게 돈

버는 이유라고 믿었다. 그 덕에 늘 잔고가 없는 삶을 이제껏 이어오고 있다. 하지만 어쩐 일인지 돈을 밝히지 않는 사람이 되었다. 그건 다른 말로 항상 돈 없는 사람이라는 뜻이기도 했다.

지금도 우리 집은 돈을 떠올리면 작게나마 한숨이 나오는 집이다. 그런데 대부분의 가정이 비슷하지 않을까. 부자라고 말하기는 터무니없고, 가난하다고 말하기에도 민망한 상황. 그 안에서 대출금을 걱정하면서, 그나마 돈을 절약하는 생활 습관을 깨우치며 사는 집안. 그럼에도 불구하고 여전히 나는 돈이 많았으면 좋겠다는 생각을 못한다. 돈이 많으면 뭐가 좋은지를 경험해 본 적이 없어서 그런 것 같다. 어렸을 때 고기가 무슨 맛인지 몰랐던 것처럼.

너부리는 하루가 멀다 하고 아버지와 싸운다. 늘 아들을 면박주고 때리는 너부리 아버지를 보면 제삼자지만 뭐 저런 애비가 다 있느냐는 말이 절로 나온다. 아빠를 닮아 똑같이 폭력적이고 괴팍한 너부리를 보면서 아이는 부모를 닮게 돼 있다는 것도 실감하게 된다. 이날도 서로 말다툼을 하며 치고받던 중, 너부리는 아빠에게 폭언을 한다. 하지만 너부리 아빠가 질 리가 있나. 너부리가 때때로 가슴에 꽂히는 말을 하는 것도 제 아빠를 닮아서 그런 거였다.

너 부 리 무슨 이런 부모가 다 있어!
언제 부모답게 행동해본 적 있냐고!

너부리 아빠 징징대지 마, 멍청아.
나는 부모답다느니 아이답다느니 하는 말이
제일 싫어.
네 부모는 나야. 그런데 왜 또 부모다워야 하는데.
네 애비가 되긴 했지만
애비다워지고 싶다고 생각한 적은 없어.

가끔 생각한다. 없는 살림에 딸 둘을 키우느라 부모님이 경험했을 수모에 대해서. 지금의 나보다 더 어린 여자였던 엄마의 청춘에 대해서. 뭐든 될 수 있을 거라며 희망에 차 있었을 아빠의 젊은 날에 대해서. 내 몸 하나 건사하는 일에도 허둥거리는 지금의 나와 달리 이십대에 결혼을 하고 우리를 낳은 엄마 아빠에 대해서 생각한다. 분명 그때의 엄마 아빠는 나답게 사는 게 뭔지 따위는 생각할 여유도 없이 부모답게 사는 일만으로도 하루가 벅찼을 거다.

어렸을 때는 왜 이렇게 불편하게 살아야 하는지가 의문이었지만 지금은 그나마 살 수 있었던 것이 두 분의 힘이라는 사실을 안다. 그리고 나 역시 큰돈을 벌지 못하는 직업을 이어가고 있다는 사실에 좀 죄송하다(되게 많이 죄송하지는 않다는 점이 포인트).

하지만 내가 부모님을 원망한 적이 없었던 것처럼 부모님 역시 변변찮은 내 모습을 원망하지 않으시리라 믿는다. 풍족하지는 않지만 그럭저럭 살아지는 삶. 부모님은 우리에게 그걸 물려주셨고, 나 역시 자식이 생기면 비슷한 생활을 물려주게 되겠지.

그런 삶은 좋지도 않지만 싫지도 않다. 어떤 갑갑한 상황에서도 돌파구를 찾아내는 방법 하나는 알게 되었으니까. 그리고 특별한 일이 있어도 소고기를 구워 먹지 않는 게 흉도 창피한 일도 아니라는 것을 알게 되었으니까.

여전히 우리 가족은 특별한 일이 있어도 소고기를 구워 먹지 않는다.

하찮은 이야기

〈보노보노〉 20권 118쪽에서

내 성격의 재발견

시간이 지날수록 내 성격에 내가 배신당하는 느낌이 든다. 낯가리지 않고, 처음 본 사람들과도 스스럼없이 대화하고, 밖으로 나다니는 걸 좋아하는 사람이라고 생각했는데 아니다. 내 SNS를 본 사람들에게는 늘 즐기고 사는 사람 같다는 말도 듣지만, 그건 딱 그렇게 보일 때만 사진을 찍어서 올리기 때문이다. 나머지 시간은 혼자 방구석에 처박혀 있다.

다만 티 내지 않으려고 애쓸 뿐 나는 쉽게 부끄러움을 타고 겁이 많고 자주 불안해하고 사람 사이에서 스트레스를 많이 받는다. 질투도 많고 소심하고 솔직하지도 못하다. 하지만 실제 내 성격을 드러내면 일과 인간관계 모두 엉망이 될 것 같아 적당히 숨기고 사는 것뿐이다. 숨기고 살아온 기간이 길어지다보니 가끔은 그 성격이 진짜 내 성격처럼 느껴질 때도 있다. 나조차 나를 속이며 사는 셈이다.

가끔 이런 생각이 든다. 내가 알고 있는 내가 진짜 나일까. 나는 나를 제대로 알고는 있을까. 나는 대체 어떤 사람일까. 지나치게 '나'에만 집중돼 있는 이러한 사고가 유아적으로 느껴져 기껏 부풀려놓은 생각을 뿌리칠 때도 많지만, 내가 나를 얼마나 알고 있는 건지에 대해서는 늘 의문이다. 그럴 때는 나에 대한 주변 사람들의 평가를 들어보라는 말도 있지만 그것 역시 정확할 것 같지 않다. 나는 누군가에게는 잘해주기만 하고 누군가에게는 신경질만 내는 등 일관성이 없기 때문이다. 하지만 나만 이런 게 아니다.

"난 일기도 고쳐."

며칠 전 친구들하고 만난 자리에서 한 친구가 이런 말을 했다. 그게 무슨 말이냐고 물었더니 다른 한 친구가 그것도 모르냐는 듯 낯선 표정을 지었다. 솔직한 내 마음을 알고 싶어서 쓰는 일기에서조차 내 마음이 뭔지 모르겠어서 쓴 문장을 다시 읽고, 고치고, 새로 쓴다는 친구들. 입을 벌린 채 그 이야기를 듣다보니 이래서 이들이 내 친구들이구나 싶었다.

작가 줄리아 카메론은 책 『나를 치유하는 글쓰기』(이다미디어 출간)를 통해 독특한 글쓰기를 제안한다. 그중에서도 가장 흥미로웠던 것은 매일 세 장씩 쓰는 '모닝 페이지'였는데, 매일 아침마다 수첩을 열고 바로 그때 느끼는 감정을 소상히 쓰는 것이다. 잘 쓰려고 노력하지 말 것. 그저 머릿속에 떠오르는 대로 쓸 것. 그리고 손으로 쓸 것. 어떤 생각도 어떤 이야기도 상관없으니 단 삼십 분에서 한 시간을 들여 글 쓰는 일로 하루 전체를 평온하게 보낼 수 있다는 말이었다. 모닝 페이지가 습관이 되면 자신의 감정을 바로 보는 일이 가능해지고, 내가 어떤 것으로 고민하고 있고, 어떤 생각을 갖고 있는지 정리하는 데도 도움이 된다고 했다.

나 역시 가끔 머리가 복잡할 때 모닝 페이지를 시도한다. 그런데 글을 써나가는 동안 놀라운 점 하나를 발견했다. 어떤 생각을 하건 어떤 감정을 갖든 모든 글의 마지막은 꼭 이상한 다짐으로

끝난다는 거다. 나는 나를 인정하고 받아들여야겠다. 내일은 더 나은 내가 되어야겠다. 다 잘될 것이라 믿고 싶다……. 이 무슨 때아닌 모범생 놀이란 말인가. 분명 마음이 답답해서 써내려가기 시작했는데 마치 누군가가 그 글을 읽기라도 하는 양 훈훈한 결말로 마무리하려는 강박이 느껴져서 스스로도 황당했다. 그러다 보니 일기도 고친다는 친구들의 마음이 이해되기 시작했다. 우리는 우리 스스로에게도 솔직할 줄 모르는구나. 솔직해지면 솔직해질수록 창피해지기 때문이다.

하나 더 깨달은 게 있다. 자리를 잡고 앉아 '나의 지금 여기'에 대해 쓰다보면 '나의 지금 여기'에만 집중할 수 있다는 사실이다. 그동안 머리를 헤집고 다니던 고민과 걱정, 막연한 불안함과 짜증 같은 건 어느새 저 멀리 치워지고 바로 지금 내 안에 있는 감정이 펜 끝으로 점점 퍼져 나오면서 '지금의 나'에게만 집중할 수 있다. '단순하게 살기'를 생활화하는 큰곰 대장이 한 말이 떠오르는 순간이었다.

생각은 항상 하나만.
많을 때는 두 개.
세 개는 쓸데없어.
세 개부터는 분명 자기에 대해서 생각하는 거니까.

나에 대해 아무리 생각해봤자 모른다. 알 것 같아도 모른다. 그런 의미에서 우리가 앞으로 할 생각과 선택, 벌어질 모든 경험이 내 성격 재발견의 일환이라고 여겨보는 건 어떨까. 바보 같은 행동을 했다고 해서 '왜 이런 행동을 했을까' 하고 자책하기보다는 '오호! 내가 이런 진상을 떠는 사람이란 말이지!'라고 신선하게 받아들이는 거다. 가끔 자랑할 만한 선택을 했을 때는 으쓱하기보다 나중에 어떻게 뒤통수를 칠지 모르니 일단 지켜보자고 생각해보는 거다. 한마디로 좀 담담해지자는 얘기다. 나 역시 나를 모른다는 생각으로, 모든 생각과 행동에 대해 쉽게 결론 내리지 않는 것만으로도 스스로를 탐험하는 기분이 들지 않을까. 그 탐험의 끝이 어떤 모양새일지는 잘 모르겠지만.

그러는 과정에서 어쩌면 나만 아는 나를 발견할 수 있을지도 모른다. 다 안다고 생각한 나에게 또 다른 모습이 있다는 것. 아무도 모르는 내 모습을 나만 알고 있다는 것. 어쩐지 신기하고 짜릿하지 않나.

누구에게나 아무도 모르는 모습이 있다.

아무도 모르는 내 모습을 나만 알고 있는 거라면

나, 대단하네.

나, 대단하네.

우정의 목록

같이 울어주기보다는 같이 웃어주는 것.
같이 울다가도 웃음이 터져버려서,
시끄러우니까 그만 좀 웃으라고 서로 등짝을 때리는 것.

친구가 새로운 욕을 만들면 참신하다, 입에 착착 붙는다며
감탄해주는 것.
아무리 내 스타일이 아니어도
친구 앞에서는 그 욕을 애용해주는 것.

실연당해 사경을 헤매고 있는 친구에게
술잔 대신 꽃을 건네는 것.
다시 태어난 거 축하한다며 작은 꽃다발을 안겨주는 것.

마트에서 트랜스 지방 가득한 과자 한 박스를
살까 말까 한참을 망설일 때
"사" "사지마" "안 살 거면 그냥 가자"는 말 대신
창피해하지 말라는 듯 슬쩍 말해주는 것.
"그렇게 먹고 싶었던 거면 사야지."

친구가 싫어하는 것을 기억해두었다가
몇 년 뒤 불쑥 물어보는 것.

"너 아직도 젤리 안 먹니?"

남자 친구가 생긴 친구를 위해,
일주일에 한 번은 만나고 싶은 걸
한 달에 한 번으로 감해주는 것.
통화도 메시지도 가급적 짧게 끝내주는 것.

도무지 응원할 수 없는 연애를 시작한 친구에게
비난도 잔소리도 응원도 하지 않고 가만히 침묵하는 것.
그 사랑을 끝내고 돌아왔을 때에서야
잘했다고, 고생했다고 말해주는 것.

돈 걱정을 하는 친구에게 자기도 돈 없는 주제에
"나 돈 있어. 그거 쓰면 돼"라며 허세 부려보는 것.

간밤에 술에 취해 진상을 부렸을 때
"너 때문에 창피해 죽는 줄 알았다"는 말 대신
"너 어제 제법이더라?"라고 말해주는 것.

써놓고 보니 죄다 시시해서 깜짝 놀랄 정도지만
그 순간만큼은 '나 잘 살았네'라고 느끼게 해준 것들.

이게 우정이 아니면 뭐겠느냐며 감동을 안겨준
친구의 배려들이다.

재미있는 건 변하기 마련이지만
강처럼 점점 흘러가는 게 아니야.
낙엽처럼 점점 쌓여가는 거야.

우정도 낙엽처럼 점점 쌓여가는 것.
차곡차곡 쌓여서 어느새 일기장 두 바닥을 채우고 마는 것.
알고 보면 우리 모두에게는 우정의 목록이 있다.

이제 돌아가자

〈보노보노〉 10권 94쪽에서

오그라들지 못하는 사람

어느 날 술자리에서 한 친구가 그랬다. 오그라드는 짓을 잘해야 연애를 잘하는 거라고. 네가 지금껏 그러고 있는 건 오그라드는 짓을 못하기 때문이라고. 단순하지만 가슴을 찌르는 조언에 고맙다는 인사 대신 말없이 술잔을 비웠다. 그러고는 한마디 보탰다. "그러는 너는 잘하냐?" 친구 역시 말없이 술잔을 비웠다. 그날 밤 술잔도 울고 우리도 울었다.

인정하기는 싫지만 맞는 말인 것 같다. 주변에 연애를 잘하는 사람들을 보면 '어떻게 맨정신에 저런 짓을 하지?'라는 생각이 드는 괴행동을 아무렇지도 않게 잘한다. 굳이 예를 들자면 통화를 할 때 목소리를 땅끝까지 내리깔거나 세 톤 정도 높이는 것(내가 하면 무슨 안 좋은 일 있냐고 한다). 마주 앉은 아무 사이도 아닌 이성의 눈을, 깜빡임 하나 없이 장시간 응시하는 것(내가 하면 싸움 거는 줄 안다). 전화를 받은 상대방이 "왜?"라고 물으면 "보고 싶어서"라고 말하는 것(내가 하면 뭐 필요한 거 있냐고 한다). 이 밖에도 많지만 쓰면서도 벌써 자판 위의 두 손이 오그라드니 그만해야겠다.

따지고 보면 오그라드는 짓을 잘해야 연애를 잘하는 것이 아니라 오그라드는 짓을 해도 어울려야 연애를 잘하는 거다. 그 말을 조금 비틀어보면 나에게는 오그라드는 짓을 잘하는 능력이 필요한 게 아니라 내가 어울리지도 않는 오그라드는 행동을 할 때, 안 어울리는 그런 거 안 해도 된다고 말해주는 사람이 필요한 것이다. 나는 연애를 못하는 것이 아니라 그렇게 말해주는 단 한 사람을 만나질 못해서 이날 이때껏 이러고 있는 것이다!

그런 사람, 있긴 했다. 일 년 전쯤 좁은 술집에서 남자와 나란히 앉아 술을 마시고 있을 때, 술에 취한 채 애교를 보여주겠다며 "아이, 진짜아? 어머!" 같은 대사를 내뱉으며 무리하게 매력 발산을 시도한 적이 있다. 내가 하면서도 진짜 미친 사람 같았지만 이 남자가 나를 좋아한다면 이 모습마저 귀엽겠지 싶어서 부대끼는 속을 억누르고 애교를 이어갔다. 그러자 그는 어쩔 줄 몰라 했다. 당황한 얼굴로는 '이걸 어떻게 말려야 하지?'라고 말하고 있었고 굳은 손과 팔로는 내 어깨를 두드리다 말다 내 등을 쓸어내리다 말다를 반복했다. 그러고는 어색하게 웃으며 그랬다. "안 이래도 돼." 그 순간 깨달았다. 애교를 달가워하지 않는 이 남자, 참 마음에 드는구나. 하지만 이 남자가 나를 마음에 들어 하는지는 모르겠네? 하하하하…….

그날 이후 알게 된 게 있다. 오그라드는 짓을 잘 못하는 사람이 오그라드는 짓을 잘하려고 하면 오그라드는 짓을 잘하는 사람이 되는 게 아니라 이상한 사람이 된다는 거다. 물론 이상한 모습을 보인 남자와 잘되기란 쉽지 않다. 그래서 이제는 오그라드는 짓을 잘해야 연애를 잘한다는 말을 들을 때면 이렇게 말한다. "그런 거 너나 해." 그리고 속으로는 이렇게 중얼거린다. '해봤는데 안 되더라고.'

하지만 어느새 남들은 다 하는데 나만 못하는 게 있는 것도 받아들이게 됐다. 못하는 걸 되게 하는 일에도 에너지가 필요한데, 그런 데에다 에너지를 쓰느니 잘하는 걸 더 안정적으로 지속하는 일에다 힘을 쏟고 싶다. 가지지 못한 것에 대해 욕심내지 않는 것도 세월이 준 관대함이라고 믿는다. 가만히 물러서는 일도 용기라면 용기다.

어느 날, 나무에 오르고 싶어서 몸이 근질근질해진 보노보노는 나무에 오르는 연습을 시작하지만 아무리 반복해도 넘어지고 미끄러진다. 너부리는 여러 번 가르쳐줘도 도무지 발전하지 못하는 모습이 답답하기만 하다. 보노보노는 좌절하면서 왜 이렇게 어렵냐고, 내가 도대체 얼마나 못하는 거냐고 묻는데, 그 모습을 지켜보던 너부리 아빠는 이런 말을 한다.

못하는 건 말이다.
얼마나 못 하는지로 정해지는 게 아냐.
얼마나 하고 싶은지로 정해지는 거야.

그러면서도 끝까지 나무 오르기를 포기하지 못하는 보노보노에게 이렇게 덧붙인다.

알겠니? 못 하겠으면, 다른 걸 해.

그 말이 정답이다. 못하겠는 걸 계속 노력하느니 다른 걸 하는 게 맞다. 그러므로 나 역시 못 부리는 애교를 부리면서까지 연애를 할 필요는 없다. 그렇게 무리를 해서야만 잡을 수 있는 사람이라면 내 사람이 아니라고 생각한다. 그리고 내가 오그라드는 짓을 얼마나 못하는지가 중요한 게 아니라 얼마나 하고 싶은지가 중요하다. 따지고 보면 나는 오그라드는 짓을 못하긴 하지만 노력해서 잘하고 싶지도 않다.

너부리 아빠 말마따나 오그라드는 짓을 못하겠으면 다른 걸 하면 되는 거니까. 음, 근데 그 다른 게 뭘까?

가지뿐인 나무

〈보노보노〉 11권 134쪽에서

더하기 빼기 관계

세상에 존재하는 수많은 관계를 카테고리로 나눈 다음, 각 카테고리별로 등급을 매긴다면 가장 윗자리에는 '존재만으로도 안심이 되는 관계'가 있을 것이다. 아무것도 하지 않아도 그저 있는 것만으로 충분한 존재. 누군가에게는 그게 가족일 것이고 누군가에게는 연인일 것이며 또 누군가에게는 친구일지도 모른다. "그런 사람 없는데"라고 말하는 사람도 있겠지.

그런데 관계라는 건 두 사람 이상이 하는 거라서, 한 사람이 그렇게 생각한다고 해서 상대방도 똑같은 생각은 아니라는 게 문제다. 한 사람은 다른 한 사람을 존재만으로도 안심이 되는 사람이라고 생각하지만, 상대방은 그 사람을 존재만으로도 끔찍한 사람이라고 생각할지도 모른다는 서늘한 반전. 다 이해할 테니 진실을 말해달라고 해도 진짜 진실을 말해버리면 큰일 나기 때문에 더 복잡한 사람 사이. 그럼에도 불구하고 많은 사람들이 존재만으로도 안심이 되는 관계를 동경한다. 나에게도 그런 사람이 다가와주길, 나 역시 누군가에게 그런 사람이 되길 꿈꾼다.

하지만 요새는 다른 생각이 든다. 존재만으로도 안심이 되는 관계보다 실질적인 안심을 전해주는 관계가 더 필요하다는 생각이 든다. "나 힘들어"라고 말할 때 가만히 안아주는 사람보다 뭐가 힘든지 물어보고 해결해주는 사람이 필요하다. 배고프다고 말할 때 나도 배고프다고 공감해주는 사람보다 먹고 싶은 걸 가져다주는 사람이 필요하다. 말하지 않아도 아는 초능력을 가진

사람 말고 내 말을 오해 없이 받아들이는 이해력을 지닌 사람이 더 절실하다. 뜬구름 잡는 위로 말고 원하는 걸 가져다주는 사람과 함께 있으면 이제까지 몰랐던 신선한 안도감이 느껴질 것 같다.

존재만으로 위로가 되는 관계에 대한 환상을 버리고 난 뒤, 가장 이상적이라 생각하는 관계가 새로 생겼다. 바로 더하기 빼기가 가능한 관계다. 어떨 때는 찰떡같이 붙어 다니며 온갖 사연을 공유하다가도 어떨 때 한 사람이 스르륵 동굴 안으로 들어가버려도 그러려니 하는 관계. 어쩜 그렇게 연락이 없을 수 있냐는 상대방의 호소에 마음 깊이 욱하면서도, 싸우더라도 일단은 만나서 싸우자며 약속을 잡는 사이. 기분이 좋을 때는 기분 좋은 말을 나누다가도 그 반대일 때는 모진 말도 던질 수 있으며, 당분간 안 보고 살아야겠다 싶으면서도 평생 안 보고 살 생각은 안 하는 사이. 죽도록 싫을 때도 있고 미치도록 좋을 때도 있어서 여러모로 마음이 공평한 관계.

하지만 이런 관계 역시 한 사람은 만족하지만 나머지 한 사람은 전혀 다른 생각을 하고 있을지도 모른다는 게 문제다. 관계가 어려운 이유가 여기에 있다. 그럼에도 불구하고 늘 마음속에 '이상적인 관계'의 정의를 품고 있으니, 그래서 관계란 게 신기한 거고 그만큼 어려운 거겠지.

관계에 대한 이야기를 하다보니 〈보노보노〉를 읽다가 엉엉 울었던 게 기억난다. 고래 장로의 죽음에 대한 에피소드였다. 어느 날 보노보노와 아빠는 고래 장로의 죽음을 알게 되어 장례식에 참석하고 거기서 늙은 거북을 만난다. 고래 장로의 오랜 친구인 늙은 거북은 먼저 간 친구의 모습에 충격을 받아 수심 가득한 얼굴로 울고 또 운다.

우리는 오랜 친구였지.
그동안 참 많은 일이 있었어.
자네가 한 말, 자네가 한 행동…… 난 다 기억하고 있는데
자네가 죽어버렸으니 그걸 기억하는 건 이제 나뿐이야.

늙은 거북의 이 말에 오랜 친구들의 헤어짐이 얼마나 가슴 아픈 일인지가 절절히 느껴졌다. 먼 훗날 내가 할머니가 되었을 때 친구가 먼저 죽는다면? 지금으로서는 상상할 수도 없는 일이지만 분명히 벌어질 그 일이 만약 내 일이 된다면? 그때 나는 먼저 간 친구에게 무슨 말을 할까. 반대로 내가 먼저 떠난다면 친구는 어떤 마음이 들까. 생각하는 것만으로도 눈물이 나서 만화책을 끌어안고 한참을 흑흑댔다. 아휴, 참 주책이야 진짜.

늙은 거북의 얼굴에는 주름이 가득하고, 체력도 떨어져서 장례식장까지 헤엄쳐 가는 일조차 힘들다. 그럼에도 불구하고 지친

몸을 이끌며 친구의 마지막 모습을 지키려 애쓰는 모습을 본 보노보노는 깨닫는다. 할아버지 친구 사이란 그저 친구가 아니구나. 아주 특별한 친구 사이로구나.

이 이야기를 읽는 동안 깨달았다. 아무리 현실적인 척을 해봐도 결국 내가 원하는 건 '존재만으로도 안심이 되는 관계'라는 것을. 그 존재가 사라지면 내 세계 역시 휘청하고 마는 관계를 여전히 바란다는 것을. 하지만 더는 그런 관계가 없을 것 같아서 필요 없다고 여기는 거다. '친구가 먼저 죽으면 어떡하지? 내가 먼저 죽는 것도 싫어'라고 상상하는 것만으로도 울고불고 하는 주제에. 나는 아직 멀었다. 어렸을 때부터 고민해왔던 관계에 대한 질문의 답을 이 나이가 되어서까지 찾지 못했다.

관계는 참 어렵다. 아닌 척 발을 빼고 있다가도 불쑥 마음을 다 쏟아붓고 만다. 그래서 나는 늙은 거북과 고래 장로의 이야기에 그렇게 눈물이 났던 거다. 그들의 우정이 부러워서. 나도 그런 사람을 만나고 싶어서. 그런데 아무래도 못 만날 것 같아서 눈물이 났던 거다.

할아버지도 쓸쓸할까

〈보노보노〉 20권 91쪽에서

세상의 모든 딸들

아주 오래전, 친구 S가 말했다. 구급차 사이렌 소리가 들리기만 하면 가슴이 덜컹 내려앉는다고. "아빠가 택시 운전을 하셔서. 혹시 일하시다 길에서 사고라도 난 건 아닌가 싶어서."

친구 아버지는 더 이상 택시 일을 하지 않으시지만 아직도 S는 구급차 사이렌 소리를 들으면 움찔한다. 하지만 나는 그 마음이 이해될 것 같으면서도 이해되지 않았다.

며칠 전, 부모님 댁에 들른 날이었다. 밤늦게 산책을 하고 돌아오는데 아파트 단지 앞에 구급차가 서 있었다. 경찰도 두어 명 보이고 주민들 몇 명은 길에 나와 있었다. 그 모습을 보는 동시에 가슴이 철렁 내려앉았다. 서둘러 뛰어가 어느 동으로 온 구급차냐고 물었다. 경찰은 우리 옆 동의 한 집에 화재 경보가 잘못 울린 것 같다고 했다. 안심하며 집으로 걸어오면서 생각했다. 나도 이제는 구급차를 보기만 해도 심장이 덜컹 내려앉는 사람이 되어버렸구나.

결혼을 해서 엄마와 따로 사는 사촌 동생은 나에게는 이모인 엄마와 매일 통화를 한다. 미주알고주알이라는 말이 딱 들어맞을 만큼 오늘은 뭘 먹었고 어떤 좋은 일이 있었고 어떤 속상한 일이 있었는지 빠짐없이 이야기한다고 한다. 평소 부모님 앞에서는 입을 더 다무는 나랑은 정반대여서 신기한 마음에 물었다. "이모한테 안 좋은 이야기 하면 걱정하시지 않아?" 사촌 동생이 대답했다. "이야기를 안 하면 더 걱정하셔."

부모님과 따로 사는 지금, 가끔 휴대폰으로 사소한 것들을 사진 찍어 부모님께 보내곤 한다. 밥을 차린 밥상, 길가의 꽃들, 그리고 요즘 어떻게 지내고 있는지 간략한 안부를 덧붙인다. 사진을 찍는 나도 사진을 받을 부모님도 익숙하지 않은 일이겠지만 이렇게 하다보면 언젠가는 나도 사촌 동생처럼 될지도 모른다. 부모님에게 말하지 않고는 못 배기는 일들로 하루가 가득 찰지도 모른다.

육 년 동안 만나온 남자 친구와 헤어진 언니 A를 위로하기 위해 다 같이 여행을 왔다. 언니는 부모님께 남자 친구와 헤어졌다고, 그래서 여행을 간다는 말도 하지 못하고 왔다는데 그날 밤 웬일인지 언니 아빠가 전화를 걸어오셨다. 언니는 아무렇지도 않은 목소리로 한참 동안 아빠와 대화를 나눴다. 그러고는 새벽까지 이어진 수다에서 부모님 이야기가 나오자마자 불쑥 눈물을 흘렸다. 그럴 만큼 대단한 이야기도 아니었는데.

내가 더 좋아했지만, 내가 먼저 그만두자고 했던 사람과 헤어졌을 때의 일이다. 며칠 동안 아무도 만나지 않고, 조용히 방 안에 틀어박혀 있다가 이제는 좀 정신을 차려보자며 운동을 나갔다. 벌건 얼굴로 돌아와 샤워를 하고 거울을 봤더니, 까칠한 얼굴이나마 조금은 생기가 도는 것 같아 안심이 됐다. 물을 마시러 부

억에 갔더니 엄마가 계셨다. 쓸데없는 말을 내뱉으면서 밝은 척 하는 나를 보더니 엄마는 툭 말씀하셨다. "요즘 힘든가보네."

차마 아니라고는 말 못 하고 조용히 방으로 들어와 한숨을 흘렸다. 아무리 괜찮은 척을 해봐도 안 괜찮다는 걸 엄마는 귀신같이 안다.

뒤늦게 부모님으로부터 독립한 친구 C가 당분간은 일주일에 한 번씩 집에 들르겠다고 한다. 그러면 따로 사는 의미가 없지 않느냐며 핀잔을 주는 나에게 친구가 말했다.

"엄마가 외로우니까."

외로울 엄마를 위해 주말을 반납하고 한 시간 차를 몰아 집으로 가는 큰딸. 그 장면을 상상하니 내가 얼마나 엄마의 외로움을 모른 척하고 살아온 딸이었는지가 실감이 났다.

몇 달 전, 나 역시 몇 년 만에 다시 부모님 댁에서 독립하게 됐다. 엄마는 이사 가기 며칠 전부터 "너 가는 날, 나 울 것 같다"라고 말씀하셨지만, 나는 그저 "자주 올 건데 왜 그래?"라며 무뚝뚝한 대답만 했다. 이삿날, 엄마와 아빠는 집을 떠나는 나를 쳐다보지 않으셨다. 일부러 눈을 마주치지 않는 그 모습이 어색했지만 일부러 더 씩씩하게 집을 나섰다. "저 갑니다!"

그런데 혼자 운전해 이사할 집으로 향하는 길, 내내 울음이 멈

추지 않았다. 스스로를 어이없어하면서도 운전대를 잡은 사십 분 내내 엉엉 울었다. 아빠의 허탈해하는 얼굴이, 일부러 눈을 안 마주치던 엄마가 떠올라서 가슴이 꽉 막혔다. 왜 이러지?

새집에 도착해 차 트렁크에 든 짐을 꺼내려는데, 그 안에 엄마가 챙겨준 음식들이 한가득 들어 있었다. 내가 아직 깨지도 않은 이사 가는 날 새벽에 엄마 아빠는 새벽 시장에 가서 과일과 채소, 온갖 반찬거리들을 한아름 사서 트렁크에 넣어두셨다. 그 무거운 짐을 이고 지고 집으로 올라오면서 또 한 번 울었다. 짐을 풀어 찬장과 냉장고에 넣으면서 또 한 번 울었다. 이 글을 쓰면서 나는 또 울고 있다. 아우씨. 나 왜 이래.

내가 곤란하면 아빠도 곤란할 것 같아서
나는 곤란해하지 않기로 했다.

며칠을 그렁그렁한 눈으로 살면서 이러면 안 되지 싶었다. 엄마는 일찍 일어나고, 삼시 세끼를 챙겨 먹는 걸 제일 좋아하니까 열심히 일찍 자고 일찍 일어나고, 열심히 먹었다. 엄마가 싸준 건 쌀알 하나, 김치 한 조각도 안 먹거나 버릴 수가 없었다. 빈 용기를 설거지할 때마다 엄마를 생각했다. 하지만 나는 안다. 자식이 부모 생각하는 마음이 아무리 깊어도 부모가 자식 걱정하는 마음의 백분의 일도 따라가지 못할 거라는 것을. 아무리 내가 잘

먹고 잘 자고 잘 지내고 있다고 말해도 엄마는 오늘 밤도 딸 걱정에 한숨을 쉴 거라는 것을. 그래서 나는 딸이고 엄마는 엄마인 거다.

완벽함보다
충분함

없어도 곤란하지 않다면
필요 없는 것

삼 년 만에 이사를 했다. 이번에는 더 좁은 집으로 가게 되어 대부분의 짐을 정리해야 했다. 용달차 한 대에 기사님 한 분만 오시기로 해서 책상, 의자, 침대 매트리스, 좌식 테이블, 짐은 라면 박스로 딱 여섯 개만 가져가기로 했다. 그건 내 짐의 육십 퍼센트 이상을 버려야 가능한 일이었다.

하나하나 따져보면 추억 있는 물건들을 어디서부터 어떻게 처분해야 하나. 감상에 젖을 시간도 없이 옷 정리부터 시작했다. 사계절 내내 많은 옷이 필요한 것 같고 새로운 옷이라면 언제든 사고 싶지만 입는 옷은 늘 정해져 있다. 일 년에 한 번도 안 입은 옷, 몸에 어중간하게 맞는 옷은 무조건 버리고, 혹시 몰라 놔둔 옷과 선물 받은 옷 중에 내 취향이 아닌 것들도 과감히 버렸다. 덕분에 방 한구석에는 커다란 '버릴 옷 무덤'이 만들어졌지만 그래도 가져가야 할 옷이 적지 않았다.

가장 큰 난관은 책이었다. 외국에 나갈 때마다 사 모은 사진집이나 일본에 갈 때마다 이고 지고 온 문고책들, 여러 번 읽을 것 같아 버리지 않고 쌓아둔 책들을 눈물을 머금고 인터넷 중고 서점에 처분하기로 했다. 스마트폰으로 책 뒷날개에 붙은 바코드를 하나하나 찍어본 다음 매입 가능 여부를 알아보고, 며칠에 걸쳐 약 이백 권을 가져가 팔았다. 내 손에 들어온 돈은 약 이십만 원. 따져보니 책 한 권당 천 원꼴이어서 가슴이 아렸지만 이 많은 짐을 이고 갈 순 없으니 현명한 선택이라 여기기로 했다. 매입이 안 된 책들은 이사 전 사람들을 만날 때마다 선물로 나눠 주었다. 선물하는 기쁨, 선물 받는 기쁨이 합체가 되어 잠시나마 훈훈한 분위기가 이어졌다.

그다음은 가구를 정리했다. 딱 내가 좋아하는 물건들로만 꾸미겠다며 하나둘 마련해온 가구들이었지만 수납할 가구가 늘어나면 짐도 같이 늘어났다. 그러니 애초에 짐을 넣을 가구를 아예 없애버리자! 아끼던 원목 서랍장은 친언니에게 기증하고, 양말과 속옷을 넣어놓던 플라스틱 서랍장은 버렸다. 그 외 방 안에 있던 장식장과 작은 책장은 가져가고 싶은 사람이 생기면 선물하려고 잠시 부모님 댁에 맡겨두었다.

그 외에 문구류, 각종 화장품, 장식품, 향초, 향수 등 버리기도 남 주기도 애매한 물건이 가늘고 길게 속을 썩였다. 짐을 정리하겠다고 사람들을 불러 모으고 만나러 다니는 것도 쉽지 않은 일이어서 애초부터 없었던 물건들이라 생각하고 다 버렸다. 작은 방 안에서 대용량 쓰레기봉투 두 개가 가득 찰 만큼의 버릴 물건이 나왔다. 그동안 이만큼의 미련을 끌어안고 살았던 건가 싶어서 허무하면서도 속 시원했다.

어느 날, 태풍으로 커다란 바위 언덕이 무너져 내려서 보노보노와 아빠가 살고 있는 언덕 아래에 작은 섬 하나가 생긴다. 보노보노는 태어나서 처음으로 자기 섬이 생겼다며 기쁨을 감추지

못한다. 섬이 생겼으니 집이 욕심난 부자는 숲으로 가서 나무를 끌어오고, 이리저리 궁리를 한 끝에 그럴싸한 집을 하나 만든다. 하지만 행복한 순간도 잠시 섬은 점점 바다 밑으로 가라앉기 시작하고 애써 만든 집도 바닷물 속으로 사라진다.

집을 만들겠다고 온갖 중노동도 마다하지 않던 보노보노와 아빠는 언덕 위에서 집이 가라앉는 모습을 가만히 지켜본다. 둘은 한참을 말이 없다. 먼저 침묵을 깬 건 보노보노다.

보노보노 아빠. 괜찮아.

아　빠 응?

보노보노 우리, 집이 없어도 곤란하지 않지?

아　빠 그렇지.

보노보노 곤란하지 않다면 분명 필요 없는 거야.

이삿짐 정리를 앞두고 보는 〈보노보노〉는 도움이 되는구나. 덕분에 버릴까 말까 고민되는 물건 앞에서 스스로에게 질문했다. '이게 없으면 못 살까?' 그렇다고 대답할 수 있는 물건은 얼마 없었다. 어느새 필요한 것만 딱 남은 썰렁한 방 안을 둘러보니 그동안 뭘 그리 싸 짊어지고 살았나 싶다.

매번 이사할 때마다 이제는 안 사고 안 들이겠다고 다짐하면서도 다음번 이사 때는 물건 버리느라 접은 허리를 펼 새가 없다.

또 한 번 이사 준비를 하는 동안 미니멀리즘을 생활화하며 사는 사람들이 얼마나 독한 사람들인지 새삼 깨달았다. 그래도 이번 이사는 살면서 가장 많은 양의 짐을 버리는 데 성공했다는 것에 의미를 둬야지. 미니멀리스트라고 말하기는 뭣해도 미니멀리스트로 가는 길에 걸음마 하나는 뗀 것 아닌가.

딱 하나 바람이 있다면 지금 비어 있던 집을 처음 상태와 최대한 비슷하게 살다가 나오는 거다. 과연 그 바람은 이루어질까.

내가 가진 건 아무것도 없어

〈보노보노〉 24권 34쪽에서

꿈이 이상한 이유

나는 자기가 꾼 꿈에 대한 이야기를 자주, 길게 하는 사람이 낯설다. 꿈 이야기는 아무리 여러 번 들어도 적응이 안 된다. 같이 볼 수 있는 것도 아니고, 상상하는 데도 한계가 있는데 핏대를 세우며 설명하는 모습을 볼 때마다 "미안한데, 관심 없어요"라고 말하고 싶어진다. 하지만 대놓고 말하기는 그래서 그저 기계적인 리액션만 한다. 그러면 상대는 '얘가 지금 영혼이 나가 있구나'를 눈치채고 다른 이야기로 돌리는 기지를 발휘해준다.

꿈은 무의식의 발현이라고 하는데 무의식이라는 것은 의식할 수 없는 것이기에, 꿈을 의식적으로 분석하는 작업 자체가 무의미하다는 얘기가 된다. 하지만 꿈을 꾸는 사람으로서는 그 뜻이 궁금하기 마련이다. 그 안에 무슨 대단한 의미라도 숨어 있는 양 진지하게 접근하고 싶어진다. 그러다가도 대부분 자기 이로운 대로 해석한다.

만약 헤어진 남자가 꿈에 등장했다면 '어머, 혹시 그가 나를 못 잊고 있는 것 아닐까?'라고 해석한다. 부모님이 돌아가시는 꿈을 꾸면 '꿈은 반대니까 두 분이 무병장수하신다는 얘기지'라고 받아들인다. 직업이나 경제적으로 실패하는 꿈을 꿨을 때도 역시나 꿈은 반대니까 '조만간 좋은 일이 생길 건가보네!'라고 믿는다. 그 해석이 맞는지 틀리는지가 중요한 게 아니라 그렇게 믿고 싶은 게 중요한 것이다. 꿈이란 그런 것이다. 그래서 남의 꿈 이야기를 들을 때마다 생각하게 된다. '꿈 핑계 대지 말고, 애초부터

하고 싶었던 얘기를 그냥 하세요.'

어느 날 보노보노는 꿈이 이상하다고 생각한다. 이상한 건 알겠는데 왜 이상한지는 모르겠어서 질문을 하고 다니다가 너부리에게 이런 말을 듣게 된다. "꿈이 이상한 이유는 이상하지 않으면 곤란하기 때문이지. 만약 이상하지 않거나 재미도 없다면 꿈인지 현실인지 모를 거 아냐." 꿈이 이상한 이유는 현실과 구분 짓기 위함이라는 말. 그런대로 일리는 있다. 하지만 뭔가 부족한 느낌이 든 보노보노는 자신의 멘토 야옹이 형을 찾아가서 묻는다. "꿈이 왜 이상한 거죠?"

꿈이 왜 이상하냐면, 다들 원래부터 이상하기 때문이야.
깨어 있을 때는
'그러면 안 돼, 이러면 안 돼' 따윌 생각하면서
조금 덜 이상하게 행동할 뿐이야.

우리는 원래 이상한 사람들이라서 꿈이 이상한 거라는 이야기. 어쩐지 위로가 되는 대목 아닌가. 평소에는 잘살고 싶어서, 그러면 안 될 것 같아서 누르고 있던 모든 욕망이 꿈꾸는 동안만큼은 폭발해서 넘쳐흐르는 법이라는 말. '꿈은 거짓말을 하지 않는다'는 말이 절로 실감 나는 대목이었다. 그렇다. 이상한 사람은 이상한 꿈을 꾸기 마련이다. 이상하지 않은 사람은 이상한 꿈을 꾸지 않는다. 하지만 이상하지 않은 꿈을 꾸는 사람은 없으니 결국 사람은 다 이상한 거다!

야옹이 형의 논리에 따르면 이상한 꿈을 자꾸 꾸는 사람은 그만큼 더 이상한 사람이라는 얘기. 그 말은 이상한 꿈 이야기를 남에게 자꾸 들려주고 싶어 하는 이상한 사람일수록, 자기가 이상한 사람이라는 사실을 알리고 싶은 더 이상한 사람이라는 얘기.

그러니 자기 꿈 이야기를 다른 사람에게 전하는 일은 굳이 안 해도 될 것 같다. 자기 꿈 이야기는 자기만 간직하시고, 정 말하고 싶을 때는 '꿈노트'를 이용하며 혼자 즐겨주시기를. 이렇게 말하는 나는 그만큼 이상한 사람이 맞다.

꿈속 풍경을 찾아보자

〈보노보노〉 16권 47~48쪽에서

취미는 어른을 위한 놀이

"시간 없어, 빨리 마셔."

몇 해 전, TV 프로그램 촬영을 마치고 스태프들과 출연자들 회식을 할 때 한 출연자가 말했다. 그는 술잔이 비기가 무섭게 술을 따르고 단번에 들이켰고 신속하게 같은 과정을 되풀이했다. 그 모습을 신기하게 쳐다보다가 천천히 마시라고 한마디 했더니 그가 그랬다. "열한 시까지 집에 들어가야 돼. (시계를 보고) 두 시간 남았어!"

집안의 갑 중의 갑인 부인이 오랜만에 허한 회식 자리라면서 주어진 시간을 최대한 활용해 짧고 굵게 취하기로 마음먹은 모양이었다. 그 진한 모습에 감동한 나는 술잔이 비기도 전에 술을 따라주고, 함께 원샷을 일삼으며 덩달아 취해갔다. 다른 테이블과 달리 우리는 술과 전쟁이라도 하는 사람들처럼 비장하게 술잔만 기울였고, 약 두 시간 후 그는 휴대폰을 어깨와 귀 사이에 끼고 비틀거리며 집으로 향했다. "응, 여보. 나 지금 가, 여보. 얼른 갈게, 여보. 사랑해, 여보."

그날 이후 없는 시간을 쪼개서 술에 취하던 그의 모습이 한동안 잊히지 않았다. 함께 회식 자리에 있던 사람들 사이에서는 "시간 없어, 빨리 마셔"라는 말이 유행어가 되었을 정도다. 요즘도 TV에서 그의 모습을 볼 때마다 궁금해진다. 여전히 짧게 마시고 굵게 취하는 취미 생활을 이어가고 있는지.

어느 날 갑자기 보노보노는 취미에 대한 의문이 생긴다. 친구들을 만날 때마다 이야기를 나눠보지만 대체 취미가 뭔지 좀처럼 이해가 가지 않는다. 친구들이 내린 취미의 정의는 다음과 같다.

포로리 도움이 안 되는 것이어야 취미라고 할 수 있어.

너부리 취미란 노는 거야. 어른이 '논다'고 하면 멋없으니까 취미라고 부르는 것뿐이야.

해내기 어른이 되고 나서도 놀기 위해서 취미란 게 있는 거야.

보노보노 친구들의 설명에 따르면 취미란 '놀이'의 어른 말이다. 일도 하고 돈도 모으고 자신은 물론 가족도 챙겨야 하는 어른이 '논다'고 말하기엔 민망하니까 취미라는 고상한 이름을 붙여서 결국은 노는 것이라는 얘기. 사실은 어른들도 어렸을 때 그랬던 것처럼 실컷 놀고 싶은 거다.

그동안 내가 누려왔던 취미 생활을 되돌아봐도 그 안에는 늘 놀고 싶다는 열망이 들어 있었다. 없는 시간을 쪼개가며 한껏 노는 기분을 느끼고 싶었다. 그런 핑계로 우쿨렐레를 배우고, 일본 가정식 요리 교실에 다니고, 만화책을 읽고, 인터넷을 돌아다니며 모은 남자 연예인들 사진을 보면서 킬킬댔다. 얼핏 얻는 게 있어 보여도 남은 건 하나도 없는 순수한 놀이들을 통해, 삶은 지겹고 일상은 보잘것없는 법이라는 신념(!)을 잠시나마 내려놓을 수 있었다.

단, 포로리의 말처럼 취미는 인생에 도움이 안 되는 거라면 더 좋겠다. '시간을 쪼개서 OO을 한다'의 동그라미에 오는 말은 조금 불건전한 말이었으면 좋겠다. 시간을 쪼개서 운동을 하고, 시간을 쪼개서 공부를 한다는 게 대단한 건 알겠는데 절로 식상함이 느껴지니까. 자고로 어른을 위한 취미란 잔잔한 일상에 돌멩이를 던지는 작은 반란이기를. 시간을 쪼개서 취하고, 시간을 쪼개서 넘어지고, 시간을 쪼개서 덕질을 하면서 살 수 있기를. 창피함이 주는 즐거움은 의외로 크지 않은가.

그렇게 시간을 쪼개서 놀다보면 따분한 어른에게도 취미라는 게 생길 것이다. 없는 시간을 쪼개서까지 하고 싶은 것, 그게 취미가 아니면 무엇이겠는가. 더 많은 어른들이 취미를 핑계로 '놀이'를 잊지 않았으면 좋겠다. 너부리 아빠의 말을 가슴에 품고.

어른이란 말야, 어딘가 아이 같은 데가 있는 법이야.

걷는 게 좋아

보노보노는 걷는 걸 좋아한다. 걷는 걸 좋아하면서도 왜 좋은지에 대해서는 한 번도 생각해본 적 없는 보노보노는 친구들에게 그 이유를 물어보기로 한다. 난데없는 보노보노의 질문에 포로리는 이렇게 대답한다.

걷다보면 풍경이 움직이거든.

그 말을 듣고 호기심에 휩싸인 보노보노는 포로리와 함께 숲을 걸으며 실제로 풍경이 변하는지를 확인한다. 걷다보니 강이 다가오고, 구름이 멀어지고, 나뭇잎이 흔들리는 경치를 신기해하던 보노보노는 포로리가 걷는 것을 좋아하는 이유를 납득한다.

이어서 보노보노는 너부리에게 간다. 보노보노의 질문에 너부리는 평소대로 간단명료하게 상황을 정리해버린다. 좋아하는 것에 이유 따위는 없다는 말. 역시 너부리는 우문에도 늘 현답을 한다.

걷는 게 재미있다면서 좋아하는 녀석들이 있는데,
아마 그런 녀석들은 걷는 게 그냥 좋아서 좋아하는 걸 거야.

"좀 걸을까?"
나 역시 요즘에는 외출할 때마다 운동화를 먼저 챙긴다. 누군가를 만날 때도 전보다 훨씬 많이 걷는다. 예전에는 카페에 들어앉아 몇 시간씩 떠들거나 술잔을 기울이며 새벽을 맞곤 했지만 이제는 트인 곳으로 나가 하염없이 걷는 게 일이다. 나란히 걸으면서 조용조용 대화를 나누기도 하고 멍하니 걸으며 각자 침묵을 쌓기도 한다. 크게 호흡하며 콧속 가득 피톤치드를 집어넣고 불현듯 불어오는 바람에 황홀해하며 목 뒤와 등줄기에 땀이 모여드는 것을 실감한다.

다리를 묵직하게 만드는 피로감에 희열을 느끼며 남산을 걸을 때도 있다. 그러면서 드는 생각은 '이렇게 걸었는데 오늘 먹은 것쯤은 다 소화됐겠지'. 내려가는 길에는 근처 음식점을 검색해보며 또 뭘 먹을지를 궁리한다. 그러면서도 나는 먹는 것보다는 걷기를 좋아하는 거라고 우긴다.

며칠 전에는 나란히 할 일이 없던 친구와 평일에 자작나무 숲에 다녀왔다. 정식 명칭은 '원대리 자작나무 숲'. 뮤직비디오나 광고에 나오던 하얗고 가느다란 자작나무들이 하늘 높이 뻗어 있는 곳이라는 친구의 말에 "갈래! 나 갈래!"를 외쳤다. 친구 차를 얻어 타고 한 시간 반을 달리니 등산복에 등산 스틱까지 마련한 중년 남녀들이 모여 있는 주차장에 도착했다. 동네 산책하듯 운동화 하나만 달랑 신고 온 우리들은 그 정열 넘치는 차림새를 보고 살짝 웃었다.

둘레길을 걷는 마음가짐으로 터덜터덜 걷기 시작했는데, 아무리 걸어도 자작나무는 나타나지 않았다. 하염없이 평지가 이어지다가 작은 산길이 펼쳐지고, 사람 손이 닿지 않은 나무 숲길 사이사이로 바위로 이루어진 길이 보였다. 그 옆에는 작은 시냇물이 졸졸 흐르고 있었다. 발바닥이 미끄러지지 않게 자세를 바로 잡고 무릎에 힘을 줘 걸으면서 친구에게 말했다. "여기 이런 데라고 말해주지 않았잖아."

난데없이 본격적인 등산이 시작되었다. 아까 본 등산객들의 차림새엔 다 이유가 있었다. 산길로 접어들기 전, 평지에 삼삼오오 모여 도시락을 까먹고 고구마랑 과일을 나눠 먹던 아주머니들 모습이 떠올랐다. 여기, 그렇게 뭔가를 챙겨 먹어야 올라갈 수 있는 곳이었나? 하지만 물 한 병 챙기지 않은 우리의 아무 생각 없음을 후회하기에는 이미 늦었다. 이 산을 넘어야 자작나무 숲을 볼 수 있다는 다른 등산객들의 대화를 훔쳐들으며 무거운 발을 옮겼다.

한참 걸었더니 작은 매점이 보였다. 나무 그늘이 우거진 곳에 놓인 평상에 앉으면 개울물이 흐르는 풍경을 바라보며 막걸리를 한잔 할 수 있는 곳이기도 했다. 걷기 시작한 지 사십여 분 만에 생수 한 병을 사면서 매점 아줌마에게 자작나무를 보려면 얼마나 더 가야 되냐고 물었다. 온 얼굴로 힘들다고 말하는 표정을 본 아줌마는 행여나 우리가 물만 마시고 내려갈까봐 이렇게 말했다. "딱 십오 분 걸려요. 가보면 되게 멋있어요." 그 십오 분이

부디 굼벵이처럼 걸어도 딱 십오 분이기를 바라면서 물을 나눠 마시고 다시 걸었다.

막간의 수분 보충과 십오 분만 더 걸으면 끝난다는 희망에 에너지를 얻은 친구는 한층 평화로운 얼굴을 하고 있었다. 나 역시 출발 전에 "우리 오늘 힐링하는 거냐?" 하며 들떴던 얼굴은 땀으로 얼룩진 지 오래였지만 그때가 돼서야 겨우 콧속 가득 나무 향이 느껴지기 시작했다. 그러고 보니 여기까지 어떻게 올라왔는지 기억이 안 났다. 걷는 걸 즐기는 게 아니라 목적지를 찾는 게 목적인 걷기였구나.

조용히 이십 분쯤 더 걷다보니 저 멀리 하얀 숲이 보였다. 드디어 자작나무 숲이 나타났다. 더 빨리 다가가고 싶어도 이미 무거워진 다리로는 어림도 없었다. 무언가에 이끌리듯 천천히 숲으로 들어가보니 길고 하얗고 가느다란 자작나무가 줄지어 서 있었다. 지금까지 걷던 길보다 세 배는 더 축축하고 어둡고 회색빛이던 공간. 친구와 나는 감탄하며 그날 처음으로 휴대폰을 꺼내 사진을 찍기 시작했다.

사진 찍기가 거의 끝나갈 무렵 친구가 이런 말을 했다. "이런 델 다 오고, 우리도 늙은 거냐." 굳이 대답하지 않아도 사진 속 우리 얼굴이 증명해주고 있었다. 부쩍 걷기가 좋아지고, 실내보다 실외를 선호하고, 툭하면 자연의 공기가 그리워지기 시작했다는 것. 그러면서도 저질 체력의 한계가 자꾸 느껴진다는 것. 이게 늙었다는 뜻일 수도 있겠다. 하지만 그건 또 다른 즐거움을 발견하게 되었다는 뜻도 되겠지. 주말마다 등산화를 챙겨 신고 산으로 들로 나서는 부모님을 도무지 이해할 수 없었던 이십대 때와는 달리, 이제는 자발적으로 이렇게 산길에 서 있는 걸 보면.

다음 날 아침 친구에게 문자가 왔다. '나 누가 때렸냐? 온몸이 쑤신다…….' 인정해야겠다. 우리는 늙은 게 맞다는 것을. 그런데 노화에는 걷기 운동만 한 게 없다지. 그러니 다음번엔 더 많이 걷자. 그냥 걷는 게 좋다는 이유로 더 신나게 걷자.

심심할 땐 어디든 가보자

〈보노보노〉 13권 89쪽에서

걷는 게 좋아.

왜냐하면 걷는 게 좋으니까.

친구란 좋구나

나에게는 언니 친구가 둘 있다. C는 절친이 된 지 십칠 년이 된 언니고, A는 그 절친을 통해 알게 되어 십 년 넘게 관계를 이어오다 요 몇 년 부쩍 더 가까워진 언니다. 우리는 매달 돈을 모아 일 년에 한두 번씩 함께 여행을 가고, 한 달에 두 번 정도 만나 먹고 마시고 떠든다. 생김새도 성격도 행동도 다르지만 어떻게든 시간을 내서 안 만나고는 못 배기는 사이다.

하루는 A 언니가 이런 말을 했다. "앞으로 가장 중요한 건 연대 같아. 결혼이나 연애로 맺어진 사이 말고, 타인이지만 뭔가를 함께해나갈 수 있는 사람들이 필요해."

하긴 요즘은 혼밥에 혼술까지 유행하면서 곳곳에서 싱글 라이프를 부르짖고 있지만 연대의 힘만큼은 실감하게 된다. 혼자 읽어도 되는 책을 같이 모여서 읽고 이야기 나누는 독서 모임에 사람들이 몰리고, 자금을 모아 함께 사업을 꾸리는 협동조합은 물론 여럿이 모여 사는 셰어 하우스도 늘어가는 추세다. 고독을 즐기는 일만큼이나 함께하는 즐거움도 아는 사람들은 '목적'에 맞게 흩어지거나 모이며 핏줄이 아닌 타인과도 공동체를 만든다. 그 일을 통해 굳이 내밀한 감정과 진심을 꺼내 보이지 않아도 누군가와 함께하는 일이 가능하다는 것을 깨닫는다. 2016년에서 2017년 사이, 대한민국의 겨울을 뜨겁게 달군 촛불집회 역시 연대가 가진 힘을 강력하게 보여준 사건이 아닌가.

A 언니의 말을 듣고 앞으로 내가 누릴 연대는 무엇일지를 생

각해봤다. 결혼으로 꾸릴 가정이나 사랑을 나눌 파트너 말고도 마음 맞는 사람들과 한 지붕 밑에서 살거나, 뜻이 맞는 사람들과 무언가를 기획해 세상에 내놓는 방식도 있을 것이다. 그 안에서 도움을 주고받으며 조금씩 성장하거나 때로는 좌절하며 살아가는 것도 새로운 라이프 스타일이 될 것이다.

그런데 언니들과 헤어지고 집으로 돌아오는 길에 문득, 연대가 별건가 싶었다. 낯간지러워서 말은 못 했지만 우리가 이러고 있는 것도 일종의 연대 아닌가. 하루 시간을 내 한자리에 모여서 이야기를 나누고, 일 년 동안 착실히 돈을 모아 다 같이 여행을 간다. 때로는 서로의 집에 모여 음식을 해 먹으면서 뉴스를 보고 삿대질을 하거나 그동안 읽은 좋았던 책이나 감동적인 영화를 서로에게 권한다. 얼굴을 마주할 때마다 이야깃거리는 끊이지 않지만 침묵이 길어져도 어색하지 않은 사이. 가끔은 투닥거리기도 하고 서로에게 서운할 때도 있다. 그럴 때는 잠시 조용한 채로 몇 주를 보내다가 이 정도면 됐다 싶을 때 다시 만날 약속을 잡고는 앞의 과정을 반복한다.

그럴 때는 점심으로 베트남 요리를 위장이 혼날 정도로 먹고 저녁으로 고기에다 맥주를 마시고 나서 후식으로 떡볶이를 먹으러 가는 우리들. 밤이 늦어서 "일어나자!" 하고 옷을 챙겨 입으면 꼭 "집에 안 갈 건데?"라고 맞받아치는 사람이 있다. 매번 긴 여행을 떠나는 마음으로 외출하게 만들고, 집으로 돌아올 때는 어김없이 배시시 얼굴이 풀어지게 만들어주는 친구 같은 언니들이다.

사람에게 받은 상처 때문에 마음이 너덜너덜해져도 이 사람들을 만나면 다 괜찮아진다. 서로가 이상한 걸 알면서도 탓하거나 미워하지 않는다. 잘못한 게 있을 때도 마찬가지다. 내가 그 모양 그 꼴로 살아왔음에도 언니들만큼은 이제껏 나를 계속 만나주었다.

A 언니는 내가 어려운 연애 때문에 힘들어하며 엉엉 울 때 이런 말을 했다. "기분하고 진실은 다르잖아. 네가 느끼는 기분이 네 진실은 아니야. 진실은 따로 있는데 우리는 늘 기분으로 모든 일을 판단하잖아. 그러면 더 힘들어져. 그 기분은 네가 아니야. 네가 가진 진실이 너지." 그 말에 나는 다시 관계를 이어갈 힘을 얻었다.

C 언니는 내 마음과는 다른 친구 때문에 고민하던 나에게 이렇게 소리 지른(!) 적이 있다. "진심은 통하는 사람에게만 보여주는 거야! 네가 아무리 솔직해지고 싶어도 그걸 받아들일 줄 모르는 사람에게 그런 건 소용이 없다고! 너는 걜 친한 친구로 생각하지만 걘 널 그렇게 생각하지 않을 수도 있는 거야!" 싸늘한 꾸지람에 주눅이 들었지만, 그 말은 새롭게 생각할 기회를 전해주었다. 과연 우리는 친한 사이가 맞을까. 나는 왜 모든 친구에게 진심을 강요할까. 한참을 생각한 끝에 털어놓기로 다짐했던 진심

을 잠시 아껴두기로 했다.

이렇게 언니들에게 열 번 혼나고 한두 번씩 칭찬받는 사이에 넘어져 있다가도 다시 일어났다. 가만히 서 있다가도 코가 깨졌고 그러는 동안 나조차 몰랐던 나를, 언니들조차 몰랐던 언니들의 모습을 알아갔다. 언젠가 각자가 결혼을 하고, 지금과는 다른 인생을 살게 되고, 상상하지도 못할 변화를 맞이하더라도 우리는 가까이에서 혹은 멀찌감치 떨어져서, 서로의 마음을 지킬 것이다.

짧으면서도 짧지 않은 그동안의 삶을 되돌아보면, 연애를 하지 않고 살아온 기간이 연애한 기간보다 훨씬 길다. 일하지 않고 살아온 기간 역시 몇 년은 훌쩍 넘는다. 하지만 그동안 우정 없이 지내온 시간은 없었던 것 같다. 기억이 가물가물한 어린 시절을 제외하고는 늘 우정에 둘러싸인 채로 살았다. 물론 그 안에서 힘든 적도 있었고, 다시는 안 보고 살겠다며 절교를 해버린 일도 있었다. 하지만 만약 우정이 없었다면 내 인생은 지금보다 훨씬 시시했을 것이다. 때로는 사랑보다 하찮게, 일보다 시시하게 느껴지지만 우정은 그만큼 티 나지 않게 나를 챙겼다.

일요일 하루 동안 면박 주고 위로받는 시간을 보내고 나니 새로운 일주일이 시작됐다. 월요일 아침, 뭔지 모를 따뜻한 힘에 둘러싸인 채 이 글을 쓴다. 언니들이 있어서 무사히 하루가 시작되었다고 생각한다. 이 모든 게 다행이고 행운이라고 생각한다.

친구잖아

〈보노보노〉 17권 70쪽에서

자봉의 발견

요 몇 년 자원봉사 활동을 하고 있다. 우연히 특수아에 대한 심리학 강의를 접하게 된 계기로 장애 아동에 대해 관심이 생겼던 차에 한 선배가 자원봉사를 할 수 있는 학교를 소개해줬다. 나에게 딱 필요한 고마운 배려였지만 아무것도 모르는 사람이 불쑥 시작해도 될지 망설여졌다. 고민 끝에 강의를 들었던 교수님에게 조언을 구했다. "안 하는 것보다는 하는 게 좋지 않겠어요?" 그 말씀에 용기를 얻어 도전해보기로 했다.

바로 그다음 주에 학교에 가서 선생님을 만났다. 고등학교 2학년 담임을 맡고 계신 선생님은 가녀린 체구에 쓸쓸하면서도 선한 미소가 인상적인 분이었다. 한 학급에는 여학생 네 명, 남학생 세 명이 있었고 담임 선생님 외에도 보조 교사 한 분이 더 계셨다. 아이들은 갑자기 나타난 낯선 사람을 향해 경계심을 발동하다가도 흘끔흘끔 쳐다보거나 슬쩍 다가오며 호기심을 드러냈다. 처음 보는 아이들 앞에서 활짝 웃으려고 노력했지만 분명 내 표정은 난감했을 거다. 하루 종일 머릿속에서 물음표가 이어졌다. 과연 내가 이 아이들과 할 수 있는 게 있을까?

그 이후 한 달에 한두 번씩 학교에 가서 하게 된 일은 단체 야외 활동을 갈 때 학생 한두 명과 함께 움직이는 일, 교실 외 장소에서 특별활동을 하거나 행사가 있을 때 아이들을 데려다주고 데리고 오는 일, 점심시간에 아이들과 함께 밥 먹는 일이었다. 중간중간 화장실에 데려가거나 식사 후에 양치를 도와주고, 무리에서 빠져나와 개별 활동을 하려는 아이들과 함께 따로 시간을 보내는 것도 포함되었다.

자원봉사를 결심할 때 나에게는 묘한 사명감이 있었다. 활동이 부자유스러운 아이들에게 양질의 도움을 전해주고, 평소라면 결코 쉽지 않을 시간들을 경험함으로써 손에 잡히는 보람을 느끼고 싶었다. 하지만 실제로 경험해보니 자원봉사는 누군가를 돕는 일로 보람을 느끼는 일이 아니라 나는 아무것도 할 줄 아는 게 없다는 사실을 실감하는 일이었다. 도움이 더 필요한 사람은 아이들이 아닌 나였다. 사소한 것 하나하나 선생님들께 물어보지 않고는 할 줄 아는 게 아무것도 없었다.

처음에는 아이들이 이 만만한 자원봉사자가 자기를 얼마나 보살피고 챙겨주는지를 시험하는 것 같았다. 화장실에 가고 싶지 않으면서도 가겠다고 우기고는 십 분 동안 가만히 변기에 앉아 있는 아이, 자기 말을 계속 알아듣지 못하고 귀를 기울이는 모습이 우스웠는지 질문하고 웃기를 반복하는 아이, “우리 어디 가요?”라는 질문을 하루 종일 반복하는 아이, 챙겨주면 챙겨줄수록 더 떼쓰는 아이, 점심 식사 후 양치질을 시켜주면 칫솔을 깨물며 장난을 치다가 내 손가락을 깨무는 아이도 있었고, 행여 나에게 섭섭한 일이 있을 때는 선생님들 앞에서 눈물을 펑펑 쏟으면서 억울함을 일러바치는 아이도 있었다.

좋은 마음으로 시작한 활동을 파국으로(!) 치닫게 하던 경험을 통해 '내가 이 짓을 왜 하겠다고 한 거지?'라는 생각도 했다. 새벽같이 집을 나서서 오후 늦게 집으로 돌아오는 길에는 저절로 어깨를 떨어뜨리고 걸었다. 아, 제대로 한 것도 없는데 이상하게 힘드네……. 그런데도 다시 학교에 방문하는 날이 되면 저절로 눈이 떠졌다. 힘든데도 계속 가게 되는 건 책임감 때문만은 아닌 것 같았다.

나는 한 달에 한두 번 아이들을 만나면서 새로운 걸 배웠다. 내가 뭘 잘해주던, 뭘 못해주던 한결같은 아이들의 모습에서 나라는 사람의 '존재'에 대해서 생각하게 됐다. 살면서 뭔가를 잘했을 때에는 인정받고, 실수하거나 잘못을 저질렀을 때는 비난받는다. 그게 반복되다보면 뭔가를 잘해낼 때의 나, 그 반대일 때의 나에 대해 곱씹으며 내 존재감에 대해 고민하게 된다. 타인에 대해서도 비슷한 생각을 갖게 된다. 잘하는 사람은 칭찬하고, 못하는 사람은 비난하는 게 당연하다고 믿는다. 하지만 꼭 그런 건가. 뭘 잘하든 못하든 그냥 그 자체로 존재하면 큰일 나는 건가.

내가 잘해줘도 딱히 기뻐하지 않고, 실수해도 크게 비난하지 않는 아이들을 대하면서 생각했다. 이 아이들은 내가 어떤 행동과 어떤 모습을 하든 크게 관심이 없구나. 그러니 그냥 하자. 잘하려고 노력하지도 말고, 못했다고 좌절하지도 말자. 그냥 빠지지 않고 가기나 하자. 그러는 사이에 뭔가가 달라졌다.

손을 잡고 하늘 공원을 걷고, 국립 민속박물관에서 길을 잃고, 깜깜한 극장에 앉아 영화를 보는 사이에 우리는 정이 들었다. 아이들은 내 얼굴을 기억하고 때로는 반가워해주었지만, 때로는 여전히 모른 척을 했다. 함께 보내는 시간 동안 찡그리는 일보다 웃는 일이 늘어나더니 점점 집으로 돌아오는 길에 발걸음이 가벼워졌다. 가끔 사정이 생겨 학교에 가지 못한 날에는 담임 선생님께서 문자를 보내오셨다. '애들이 선생님 왜 안 오시냐고 찾았어요.' 여전히 아이들은 자주 아프고 불안해하고 말썽을 부리고 나는 여전히 할 줄 아는 게 없었지만, 뭔가가 조금씩 움직이기 시작했다.

무언가가 일어나면 무언가가 움직인다.
무언가가 움직이면 무언가가 일어난다.
마치 물 같다.
마치 물 같다.
저쪽 물하고 이쪽 물이 이어져 있는 것처럼.
이어져 있는 것처럼.

그런 아이들이 얼마 전에 졸업을 했다. 작은 꽃다발을 일곱 개 준비해 가고 싶었는데 일이 생겨 졸업식에는 참석하지 못했다. 아이들에게 미안하기보다는 내 마음이 아쉽다. 이 아이들을 또 언제 어디서 만날 수 있을까 싶어서.

장애 학생들이 학교를 졸업하는 것은 축복받을 일임과 동시에 새로운 걱정이 시작되는 일이라고 한다. 학교라는 보호막을 벗어나 직업적으로, 한 명의 성인으로서 자립하는 일은 쉽지 않은 일이기에 부모님과 교사들은 졸업을 마냥 기뻐할 수만은 없다는 이야기를 들은 적이 있다. 내가 만났던 아이들도 마찬가지일 것이다. 지금보다 더 아플지도 모르고, 앞으로 부모님이나 식구들에게 더 큰 걱정거리를 안기게 될지도 모른다. 나는 아무것도 모른다는 얼굴을 한 채로. 툭하면 울고 떼쓰고 소리 지르면서.

그래도 그 아이들의 앞날에 마냥 힘든 일만 있지는 않을 거라고 생각한다. 나 역시 아이들 앞에서 한숨을 쉬다가도 금세 웃고, 감동하고, 위로받았으니까. 모든 사람은 존재만으로도 누군가를 그렇게 만들 수 있다. 뭔가를 잘해서, 대단한 무언가를 가지고 있어서가 아니라 사람이라는 존재 자체가 그럴 수 있다는 것을 아이들은 가르쳐주었다.

아이들은 나를 기억하지 못하더라도 나는 기억할 것이다. 아이들을 만나고 나는 조금 변했으니까. 아직은 뭔지 모르겠는 무언가가 조금은 움직였으니까.

무언가를 하면 반드시 무언가가 벌어진다.

어딜 가든, 어디에 있든, 무엇을 하든

반드시 무언가가 벌어지는 것이다.

아, 멋진걸.

재미있는 일도 재미없는 일도

다 이 세상의 것

세상에 음악이 없다면 살 수 있을까? 나라면 살 수 있을 것 같다. 미술이 없다면? 살 수 있을 것 같다. 세상에 존재하는 예술 중 나에게 없어서는 안 되는 것 하나가 있다면 문학이다. 직업이 이렇다보니 책과 글이 없다면 먹고사는 일 자체가 힘들겠지. 하지만 나머지는 없으면 아쉽긴 하겠지만 그런대로 살아갈 수는 있을 것 같다.

나는 미술관을 그리 좋아하지 않는다. 공연장도 마찬가지다. 일단 넓은 장소가 싫고 인구밀도까지 높으면 숨이 막힌다. 그 많은 사람들이 동시에 무언가를 응시하고 있다는 사실에 문득 소름 끼칠 때도 있다. 그런 이유에서 콘서트나 뮤지컬, 연극을 보러 가는 것을 즐기지 않았다.

하지만 늘 그렇게 살기에 세상에는 훌륭한 예술 작품들이 얼마나 많은가. 죽을 때까지 모든 일을 경험하며 살 순 없으니 간접 경험의 즐거움을 누릴 필요도 있다. 그리고 내내 예술과 담쌓고 살다보면 문득 내가 너무 아는 게 없다는 생각이 든다. 본 것도 없고 볼 줄 아는 것도 없다며 예술에 문외한임을 주장하는 것도 더는 성인으로서(!) 어울리지 않는 일 같았다.

예전에 몇 달 동안 만난 남자는 두 번째 데이트로 미술관에 가자고 했다. 센스 있어 보였다. "미술관 좋지!"라고 말하면서도 미술관이 뭐가 좋은지 모른다는 게 문제였다. 그 앞에서는 마치 미술에 대단한 철학이 있는 양 굴었지만 함께 작품을 감상하는 동안 이다음에 뭘 먹을까를 떠올리며 빨리 나가고 싶다는 생각만 했다. 비록 작품들이 내 마음속 깊이 도달하는 데는 성공하지 못했지만 데이트를 성공시키기에 미술관은 참 좋은 장소인 것 같다고 생각했다. 적당한 거리를 유지하면서 서로를 훔쳐볼 수도 있고 각자의 취향을 알아볼 수도 있는, 정적이면서도 호기심만큼은 넘치는 장소였다.

미술관에 낯가리는 일에선 조금 탈피했으니 이어서 고전음악도 경험해보고 싶었다. 평소 만나자는 말에는 결코 거부하는 법이 없는 언니 친구들 A랑 C를 모아서 클래식 공연을 보러 가기로 했다. 남다른 제안이 기특했는지 A 언니가 티켓을 쏘겠다고 나와서 우리는 단정히 옷을 차려입고 예술의 전당에 갔다. 리처드 용재 오닐이 소속되어 있는 '앙상블 디토'의 공연이었다. 자리도 좋고 음악도 기대되고, 오랜만에 가슴이 다 두근거렸다.

두근두근대.
두근두근대.
무서울 때 두근두근대는 건 알겠는데
즐거울 때도 두근두근대는 건 왜일까.
혹시 즐겁지 않으면 어쩌나 하는 두근두근일까?

비올라와 오케스트라의 협연으로 공연이 시작되었다. 첫 곡은 언뜻 듣기에도 실험 정신이 물씬 느껴지는 곡이었다. 그런데 연주를 계속 듣다보니 마치 만화 〈톰과 제리〉에서 톰이 제리의 등 뒤로 몰래 접근할 때 나오는 음악처럼 뿡뿡뿡 방귀를 끼는 소리처럼 들렸다. 처음에는 내가 뭘 몰라서 그런가 싶어 한껏 두 귀를 열고 집중했지만 뿡뿡뿡 소리는 계속 나왔다. 아니, 이 비싼 티켓을 사서 옷을 차려입고 앉아서 방귀 소리를 들어야 하나. 나는 혼자 웃음을 참느라 입술을 깨물다가 혼자만 당할 순 없다는 생각에 옆자리 C 언니에게 귓속말을 했다. "너무 뿡뿡거리는 거 아냐, 이거? 방귀대장 뿡뿡이인가." 열심히 음악에 귀 기울이고 있던 C 언니는 어느새 웃음을 참느라 눈물을 흘리기 시작했다. 점점 웃음은 전염되어서 A 언니도 서서히 웃기 시작했고, 결국에는 그런 자신이 너무 창피했는지 마지막에는 우리를 모르는 사람 취급했다. 우리의 피식거림과 눈물은 의문의 방귀대장 뿡뿡이 테마송이 끝날 때까지 이어졌다. 무식해서 가능했던, 참으로 기진맥진한 시간이었다.

하지만 그날 경험을 바탕으로 우선은 내 수준에 맞는 대중적인 클래식 공연을 찾는 게 맞을 것 같았다. 여러 공연장 홈페이지를 둘러보며 나 같은 문외한도 익히 아는 아티스트의 곡을 선보이는 공연을 두어번 더 보러 갔다. 그랬더니 다행히도 방귀 음악은 나오지 않았고 '아, 이곡! 아, 이 노래 들은 적 있어!' 하면서

멜로디를 흥얼거리는 시간을 경험할 수 있었다. 생각보다 알찬 즐거움에 앞으로는 꽉 막힌 귀부터 트이게 하는 경험을 늘려가기로 했다.

미술관 역시 미술 초보들도 부담 없이 들를 수 있는 곳부터 정을 붙이기 시작했다. 광화문 일대에 있는 대형 미술관들, 대림미술관의 장기 전시나 국립 현대미술관 서울관의 전시들, 때때로 예술의 전당에서 열리는 기획전은 미술에 대한 지식이나 조예가 없어도 마음 편히 관람할 수 있었다.

그러는 동안 알았다. 내가 미술관을 꺼리고 공연장에 가는 걸 즐기지 않은 이유는 모르는 걸 시작하는 게 성가셨기 때문이었다는 것을. 공간이 주는 위압감을 핑계로 예술에 대한 조예 없음을 감추고 싶었다는 것을. 하지만 더는 겁내지 않으리. 조금만 부지런함을 발휘한다면 쉽고 편안히 예술을 즐길 수 있다는 걸 알게 되었으니까. 조금씩 귀를 열고 눈을 떠가면서 일상 속 예술을 향유하는 사람이 되어가고 싶다.

베르톨트 브레히트는 말했다. "인간은 예술을 통해 삶을 즐기고 즐거움은 삶의 의지를 강화시킨다." 내가 요 몇 년간 삶이 재미없다는 넋두리를 늘어놓은 이유가 여기에 있는 건가. 예술과 친해지면 똑같은 삶이라도 조금은 더 즐거워지려나. 일단은 차분히 시도해봐야겠다.

그렇다면 이 세상은

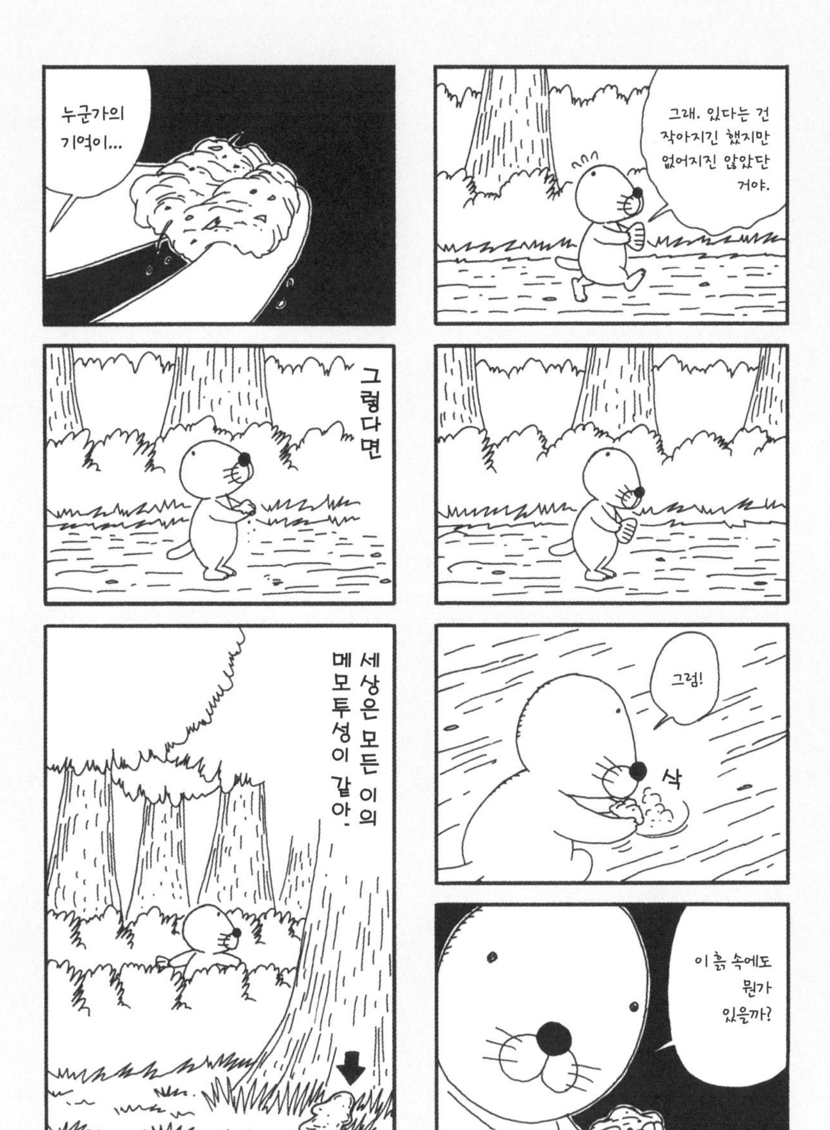

〈보노보노〉 13권 134쪽에서

좋아하는 것은 이마 위에 붙어 있어

긴 시간 책을 읽고 싶은 밤이었지만 읽고 있던 책을 덮었다. 작가의 잘난 척을 더는 봐줄 수가 없었다. 잘난 척이 심한 책은 도무지 읽기가 힘든데, 특히 왜 잘난 척하는지 모르겠는 사람이 잘난 척할 때는 더 그렇다. 사정이 그렇다보니 더욱 공공연하게 잘난 척할 필요가 있어 책을 쓴 건 알겠는데, 이 평화로운 밤에 얼굴도 모르는 사람의 잘난 척까지 듣고 싶지는 않았다. 맞다. 나는 배배 꼬인 독자다.

시간이 지날수록 책 편식이 심해진다. 뭐든 폭넓게 읽고 이것저것 빨아들여야 좋은 글을 쓸 텐데 좋다고 느끼는 책은 점점 줄어든다. 내가 좋아하는 글은 눈치 보지 않는 글, 맞춤법과 표준어 따위 무시해도 글 쓴 사람의 감정이 쉽게 전달되는 글, 듣기 좋은 예쁜 말들로만 매듭짓지 않는 글, 어려운 단어 없이 허세 없이 꾸밈도 없이 담담하게 쓴 글이다. 비록 내가 작가로서 그렇게 좋은 글은 못 쓰더라도 독자로서는 그런 글만 읽고 싶다. 작가를 예로 들자면 사노 요코의 수필, 요시모토 바나나의 소설이 좋다.

비록 쉬운 글만 좋아하는 독자이지만 가끔은 독자로서도 잘난 척하고 싶을 때가 있다. 그럴 때에는 굳이 어려운 책을 골라서 머리를 쥐어뜯으며 읽고는 '아, 참으로 유익한 시간이었다'고 억지로 생각한다. 그럴 때는 주로 심리학 책이나 인문학 책을 고른다. 그저 글자를 읽고 넘어가는 것만으로도 수십 시간이 걸리지만 다 읽고 나서도 기억나는 내용은 거의 없는 책. 같은 문장을 여러 번 다시 돌아가 읽어봐도 대체 무슨 말인지 알 수 없는 책. 그럼에도 불구하고 스스로를 고문하는 기분으로 가끔 골라서 읽는다. 멋있다고 생각되는 문장을 수첩에 적어놓기도 하지만 나중에 그 문장을 다시 읽어도 역시 무슨 뜻인지 모른다.

때로는 작가로서도 잘난 척하고 싶을 때가 있다. 지식을 뽐내고, 경험을 늘어놓고, 이제껏 이런 생각을 하며 살아왔다고 자랑하고 싶을 때가 있다. 하지만 그런 책은 목차를 적는 단계에서 '이건 아니다' 싶은 생각이 든다. 실험삼아 써본 글에는 진정성도 영혼도 없고 그저 어디서 주워들은 어려운 단어들만 빼곡하다. 글을 쓰는 사람이 다 물릴 정도니 이런 책을 누가 읽겠나 싶다. 역시 사람은 살던 대로 살고 하던 대로 해야 한다며 다시금 푸념 가득한 글을 쓰는 것이다. 이렇게.

〈보노보노〉가 좋은 이유는 젠체하지 않기 때문이다. 심오한 이야기를 심오하게 하는 건 누구나 할 수 있는 일이지만 심오한 이야기를 아무렇지 않게 툭 내뱉는 것은 아무나 할 수 있는 일이 아니다. 특히 일본어를 대강 번역해놓은 번역체도 마음에 들었다. 아무래도 어색한 문장, 잘 쓰지 않는 문법이 오히려 더 느슨하고 여유로워 보여서 보노보노다웠다. 그렇게 엉성한 언어로 가득 찬 만화책을 읽으면서 나도 그렇게 슬렁슬렁 살고 싶었다. 그리고 나도 이렇게 편안하게 글을 쓸 수 있다면 참 좋겠다는 생각도 했다.

내 마음과는 다른 책 때문에 편안한 밤을 방해받았으니 침대에 누워 만화책을 펼쳤다. 몇 장 넘기다보니 눈에 들어오는 글귀가 있다.

야옹이 형 살아가는 건 점점 망가지는 일이야.
아무도 그걸 막지 못해.
그래서 우리는 새로운 걸 만들 수밖에 없어.
하긴, 새로운 건 다 쓸데없는 것들이지.
하지만 쓸데없는 것 때문에 불행해진다면
그 불행 역시 쓸데없는 거라는 걸 난 알아.
그렇게 보면 행복도 마찬가지일지 몰라.
그래서 나는 아무렇지도 않다고.

새로운 건 쓸데없는 것. 쓸데없는 것 때문에 불행해진다면 그 불행 역시 쓸데없는 것. 하지만 행복도 마찬가지일지 모르니, 행복 역시 쓸데없는 이야기일지도 모른다는 말. 긍정적인 건지 부정적인 건지 모호하지만 곱씹어볼수록 마음이 차분해진다. 이래서 내가 이 만화책을 버리지 못한다. 몇 페이지 동안 유치한 이야기만 잔뜩 하다가도 이렇게 불쑥 마음을 때리는 대사가 튀어나오기 때문에 손에서 놓지 못한다.

좋아하는 건 머리 앞부분에 있는 것 같아.
뭐랄까. 동그란 게……
이마 위에 살짝 붙어 있는 느낌이랄까.

나 역시 보노보노를 읽는 밤이면 생각한다. 이런 밤은 둥그런 무언가가 이마 위에 살짝 붙어 있는 것 같다고. 그런 밤은 부드럽고 푹신하고 흐물흐물한, 마치 보노보노 같은 쿠션을 껴안고 자는 기분이 든다.

좋아한다는 건

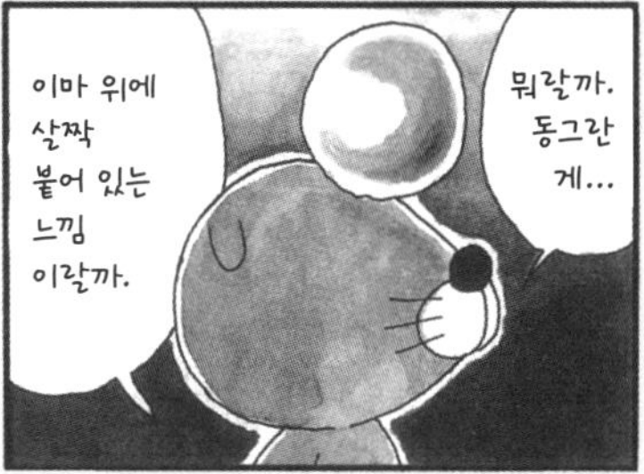

〈보노보노〉 16권 98쪽에서

Epilogue

솔직해지는 방법은 솔직해지는 거야

보노보노에 대한 책을 준비하는 내내 떠나지 않는 생각이 있었다. 그건 만화 〈보노보노〉를 관통하는 주제에 대한 고민이기도 했다. 보노보노와 친구들은 그들의 삶을 통해 무엇을 이야기하고 있을까. 우리에게 어떤 메시지를 전하고 싶은 걸까. 책이 완성될 즈음에서야 알게 되었다. 그들의 삶의 중심에는 솔직함이 있었다.

날이 갈수록 솔직해지는 게 어렵다. 어렸을 때 어른들은 항상 거짓말하면 안 된다고 했는데 어른이 될수록 거짓말이 는다. 이미 어른들은 거짓말 안 하고 사는 게 어렵다는 걸 알고 있어서, 아이들만큼은 그렇게 되지 말라고 가르쳤던 걸까. 이유야 어찌되었든 어른은 거짓말을 잘한다. 자기한테는 없는 진정성을 남들에게 요구하면서 산다. 굳이 거짓말하지 않아도 되는 사소한 사실 하나조차 솔직하게 말하지 못한다. 진실한 만큼 손해 보는 것 같으니까. 바보가 되는 것 같고, 어른스럽지도 않아 보이니까.

하지만 대부분의 경우 솔직하지 못한 만큼 손해를 본다. 그만큼 먼 길을 돌아가게 되고 그만큼 마음이 복잡해진다. 나 역시 아무래도 좋을 거짓말을 반복하며 사는 사이, 솔직해지는 방법을 잊어버렸다. 행복한 시간 앞에서 그 감정을 표현할 줄 모르고, 슬픈 일을 겪으면서도 눈물을 참고, 좋아하는 사람 앞에서 마음을 숨겼다. 그러다 결국에는 화가 나도 화낼 줄 모르는 사람, 내가 원하는 게 뭔지도 모르는 사람이 되어 있었다. 내 마음대로 되지 않는 상황에 주먹을 쥐면서 그러기에 진작 솔직했어야 했다고 후회했지만 이미 늦은 뒤였다.

어렸을 때는 거짓말을 안 하면 솔직해지는 거라고 단순하게 생각했는데 이제는 어떻게 하면 솔직해지는 건지 모르겠다. 마음에 담아둔 이야기를 꺼내놓는 것? 감정을 여과 없이 표현하는 것? 나를 둘러싸고 벌어지는 일들에 민감하게 반응하는 것? 보노보노와 친구들은 말한다. 솔직해지는 가장 좋은 방법은 우선, '솔직해지는 것'이라고.

보노보노와 친구들은 꾸밀 줄 모른다. 화가 나면 화를 내고, 슬프면 엉엉 운다. 속상한 일이 생기면 숲속을 이리저리 걸어 다니면서 속상해하고, 궁금증이 생기면 아무나 붙잡고 질문을 퍼붓는다. 누군가가 귀찮다고 하면 그런가보다 하며 다른 사람을 찾아가고, 누군가가 슬퍼 보이면 멀찌감치 떨어져 앉아서 슬퍼할 시간을 마련해준다. 자기가 그런 기분이 들 때도 그렇게 한다. 만약 감정을 숨겨야 할 때가 생기면, 실컷 숨기고 나서도 결국은 솔직해지는 방법을 선택한다. 단, 그들의 솔직함에는 무언의 규칙이 있다. 남에게 상처 주지 않을 것. 나에게 죄책감을 갖지 않을 것.

우리가 의미 없는 거짓말을 반복하는 이유가 거기에 있다. 나의 부끄러움을 숨기기 위해, 남에게 미움받거나 상처 주지 않기 위해. 하지만 그런 이유로 솔직하지 못하게 사는 사이, 우리의 마음과 관계에는 주름이 진다. 그 주름을 펴는 일은 세월이 하는 게 아니라 솔직함이 하는 일이다. 그걸 알면서도 우리는 좀처럼 솔직해지지 못한다. 솔직하지 않게 살아온 시간이 솔직하게 살아온 시간보다 훨씬 더 길기 때문이다.

거짓말을 하고 나면 슬프다. 줄곧 솔직하지 못했던 자신을 떠올리면 마음이 무겁다. 그래서 나는 이제라도 보노보노와 친구들처럼 살기로 했다. 처음에는 어색하고, 바보 같고, 어른스럽지 않아 보일지라도 결국은 그게 더 나은 선택이라고 생각하기로 했다. 새롭게 다가올 석연치 않은 경험들은 거짓말 뒤에 남는 슬픈 시간과 무거운 마음을 낫게 할 거라고 믿으며.

슬픔은 병이야.
그렇다면 낫기 위해서 살자고 생각했어.
살아 있는 게 분명 낫게 해줘.

보노보노를 낳고 세상을 떠난 아내를 떠올리며 보노보노의 아빠는 이렇게 말한다. 아내를 잃은 슬픔을 살아가는 것으로 치유하겠다고 결심한다. 나 역시 솔직하지 못했던 시간을 솔직하게 사는 것으로 만회할 수 있을까. 아직은 자신이 없지만 결심의 계기를 만들어준 보노보노와 친구들에게 고맙다. 오늘도 나는 그들의 매일을 통해 내 내일을 배우고 있다.

보노보노처럼 살다니 다행이야

초판 1쇄 발행 2017년 4월 6일
초판 35쇄 발행 2024년 5월 27일

지은이 김신회
그린이 이가라시 미키오
펴낸이 김선식

부사장 김은영
콘텐츠사업본부장 임보윤
기획·편집 윤세미 **디자인** 심아경
콘텐츠사업3팀장 이승환 **콘텐츠사업3팀** 김한솔, 권예진, 이한나
마케팅본부장 권장규 **마케팅2팀** 이고은, 배한진, 양지환 **채널2팀** 권오권
미디어홍보본부장 정명찬 **브랜드관리팀** 안지혜, 오수미, 김은지, 이소영
뉴미디어팀 김민정, 이지은, 홍수경, 서가을
크리에이티브팀 임유나, 박지수, 변승주, 김화정, 장세진, 박장미, 박주현
지식교양팀 이수인, 염아라, 석찬미, 김혜원, 백지은
편집관리팀 조세현, 김호주, 백설희 **저작권팀** 한승빈, 이슬, 윤제희
재무관리팀 하미선, 윤이경, 김재경, 이보람, 임혜정
인사총무팀 강미숙, 지석배, 김혜진, 황종원
제작관리팀 이소현, 김소영, 김진경, 최완규, 이지우, 박예찬
물류관리팀 김형기, 김선민, 주정훈, 김선진, 한유현, 전태연, 양문현, 이민운
외부스태프 최윤영(만화번역감수)

펴낸곳 다산북스 **출판등록** 2005년 12월 23일 제313-2005-00277호
주소 경기도 파주시 회동길 490 **전화** 02-704-1724 **팩스** 02-703-2219
이메일 dasanbooks@dasanbooks.com **홈페이지** dasan.group **블로그** blog.naver.com/dasan_books
종이 스마일몬스터 **인쇄·제본** 상지사 **후가공** 평창피앤지
ISBN 979-11-306-1185-3 (03810)

- 책값은 뒤표지에 있습니다.
- 파본은 구입하신 서점에서 교환해드립니다.

- 이 도서의 국립중앙도서관 출판시도서목록(CIP)은 서지정보유통지원시스템 홈페이지(http://seoji.nl.go.kr)와 국가자료공동목록시스템(http://www.nl.go.kr/kolisnet)에서 이용하실 수 있습니다. (CIP제어번호 : CIP2017007294)

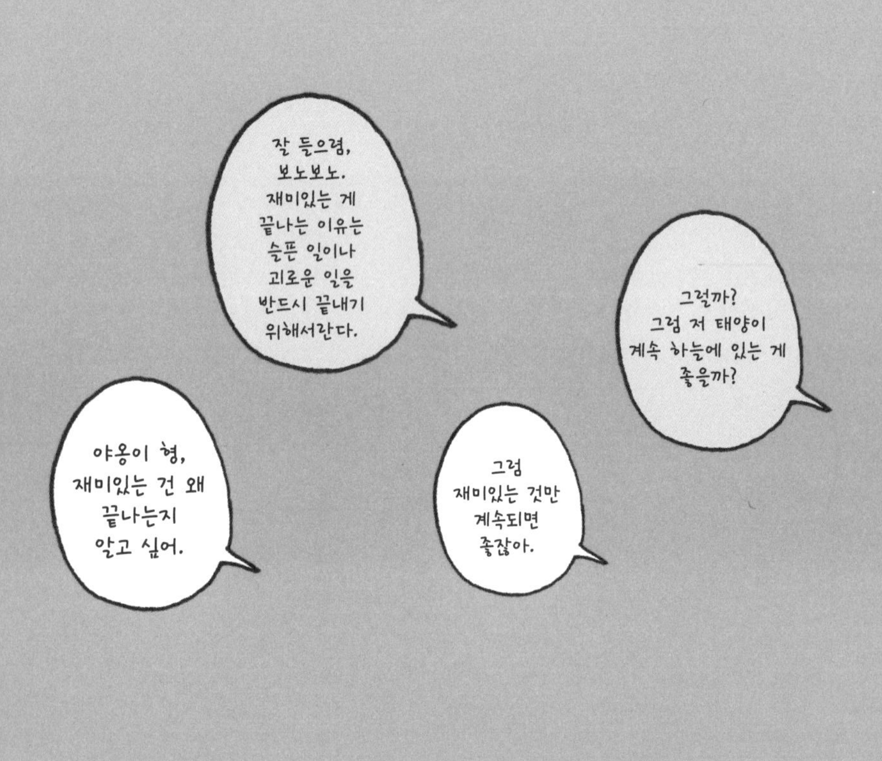
야옹이 형, 재미있는 건 왜 끝나는지 알고 싶어.
잘 들으렴, 보노보노. 재미있는 게 끝나는 이유는 슬픈 일이나 괴로운 일을 반드시 끝내기 위해서란다.
그럼 재미있는 것만 계속되면 좋잖아.
그럴까? 그럼 저 태양이 계속 하늘에 있는 게 좋을까?